Paul Peppers Salonwagen
Grill
Grüne Idylle

Felix Huby

Paul Pepper und die lauernde Falle

franckh

Franckh'sche
Verlagshandlung
Stuttgart

Zwei Zeichnungen von Eva Hohrath

Umschlagtypographie und -illustration von Atelier Held & Rieger, Fellbach

CIP-Kurztitelaufnahme der Deutschen Bibliothek

Huby, Felix:
Paul Pepper und die lauernde Falle / Felix Huby. –
Stuttgart : Franckh, 1987.
ISBN 3-440-05755-0

Franckh'sche Verlagshandlung, W. Keller & Co., Stuttgart/1987

ISBN 3-440-05755-0 / L 18hm H vk
Printed in Czechoslovakia / Imprimé en Tchécoslovaquie
Satz: G. Müller, Heilbronn
Gesamtherstellung durch Artia, Prag

Paul Pepper und die lauernde Falle

Die Hauptpersonen

Paul Pepper, 58. Der Privatdetektiv wohnt in einem alten Salonwagen der früheren Reichsbahn. Die seltsame Behausung steht mitten in einem Garten – die *Grüne Idylle* genannt. Pepper ist früher einmal zur See gefahren – siebzehn Jahre lang und mindestens zwanzigmal rund um den Erdball. Eine Zeitlang war er auch bei der Polizei, aber dort hatte man ihn nicht behalten wollen, weil seine Methoden ziemlich ungewöhnlich waren. Jetzt arbeitet er als Privatdetektiv. Doch es ist nicht einfach für ihn – junge fixere Kollegen schnappen ihm immer wieder die dicksten Brocken weg. Indessen sind da noch Pit, Jonny und Arnica, und mit ihnen gemeinsam ist Pepper jeder Konkurrenz, manchmal sogar der Polizei, überlegen.

Peter Küster, genannt Pit, ist ein ruhiger, nachdenklicher Junge von 16 Jahren. Seine Eltern sind geschieden. Seitdem lebt Pit mit seiner Mutter allein und muß eine ganze Menge Verantwortung tragen. Seine besonderen Leidenschaften sind Fotografieren und Kajakfahren. Sein Boot hat er sich selber gebaut. Für sein Alter ist Pit ziemlich stark. Er ist ein guter Sportler, aber er ist nicht sehr redegewandt.

Arnica, 14. Ihre Eltern nennen Arnica einen »Teufelsbraten«. Sie hat hauptsächlich Unsinn im Sinn und ist – so gesehen – das ganze Gegenteil von Pit. Arnica wohnt nicht weit von Pepper und Pit, allerdings in einer Gegend, in der Einfamilienhäuser und schicke Bungalows stehen. Ihr Vater ist ein hohes Tier beim Gericht und schon deshalb mit den Extratouren seiner Tochter nicht einverstanden. Arnica besucht nicht nur die gleiche Schule wie Jonny, sie geht auch noch in die gleiche Klasse.

Jonny, 14. Er ist der Umtriebigste im Team. Immer auf Achse, immer am Reden und Rechnen. Er führt die Geschäfte, stellt Kontakte her, horcht Leute aus, erfindet Tricks, sprudelt über vor Einfällen und schießt regelmäßig übers Ziel hinaus. Sein Vater ist Journalist und Schriftsteller, seine Mutter hat eine kleine Galerie, und da seine Eltern immer unglaublich beschäftigt sind, hat Jonny viele Freiheiten, die er weidlich ausnutzt. Er ist der Clown und das Mitglied der Truppe, das die anderen immer wieder aufrichtet, wenn sie ihre Köpfe hängen lassen. Jonnys Vater (Jonny heißt übrigens bürgerlich Johannes) ist ein vielbeschäftigter Mann. Doch wenn ihn die Kinder einmal brauchen, stellt er sich immer als Berater zur Verfügung. Manchmal springt dabei natürlich auch eine Geschichte für seine Zeitung heraus.

Frau Küster ist Pits Mutter, eine ruhige, liebenswerte Frau, bei der man immer Rat und Zuflucht findet.

Kriminalrat Rübenach, von den Kindern **Rübezahl** genannt, ist ein ziemlich grobschlächtiger Typ, nicht unsympathisch, von rauhbeiniger Herzlichkeit. Doch gegen Privatschnüffler hat er etwas. Für ihn kommt es gar nicht in Frage, daß andere sich in die Arbeit der Polizei einmischen. Und wenn sie dann womöglich noch erfolgreicher sind als er selbst, wird er fuchsteufelswild. Wegen seiner großen Verdienste um die Aufklärung vieler Verbrechen ist Rübenach vom Kriminalhauptkommissar zum Kriminalrat befördert worden. Aber das hat seine schlechte Laune auch nicht verbessert.

Marie Luise Scheringer, 81, Kioskbesitzerin und Märchenerzählerin. Sie betreibt ihren kleinen Laden, in dem es von Lakritzstangen bis zum Kunstdünger alles gibt, in einer ehemaligen Baracke. Der Holzschuppen ist völlig mit Efeu eingewachsen. Seit 14 Jahren will die Stadt an dieser Stelle einen Verwaltungsbau errichten, aber Frau Scheringer, die von allen liebevoll nur »Die Alte« genannt wird, hat sich bisher erfolgreich widersetzt, wobei ihr Jonnys Vater kräftig geholfen hat. Für »Die Alte« gibt es nichts Schöneres als einen neuen Fall. Dann lebt sie unheimlich auf, kombiniert, denkt mit, hat überraschende Ideen, ganz wie ihr Vorbild Miß Marple, der sie leider nicht nacheifern kann, weil sie nicht mehr gut genug zu Fuß ist.

Der geheimnisvolle Schütze

»Und ihr habt euch das wirklich auch gut überlegt?« fragte Jonnys Vater.
»Das hören wir jetzt bestimmt schon zum zehnten Mal«, gab sein Sohn fast ein bißchen ärgerlich zurück.
Pit und Arnica, die hinten in Herrn Bergemaiers Auto saßen, äußerten sich nicht dazu, sie sahen sich nur bedeutungsvoll an. Der Wagen glitt durch die hügelige Landschaft. Wiesen und Wälder wechselten sich ab. Je weiter sie fuhren, desto weniger Dörfer sahen sie.
»Schön hier«, stellte Herr Bergemaier in versöhnlichem Ton fest.
»Hoffentlich bleibt's auch in Zukunft so«, sagte Arnica.
»Warum sollte es nicht so bleiben?«
»Weil hier das Waldsterben besonders schlimm sein soll«, antwortete das Mädchen.
»Na ja, ihr werdet ja etwas dagegen unternehmen!« bemerkte Jonnys Vater mit leichter Ironie in der Stimme.
Der Wagen saß tief in den Federn, denn der Kofferraum war vollgestopft, und auf dem Dachträger waren zusätzlich drei Fahrräder festgezurrt.
Pit, Jonny und Arnica fuhren nach Ellertsweiler, genauer: ins Forsthaus bei Ellertsweiler. Sie hatten sich für drei Wochen als Waldarbeiter verdingt. Dafür sollten sie einen kleinen Lohn bekommen und durften in der zweiten Hälfte ihrer Ferien eine Blockhütte im Wald kostenlos bewohnen, die das Forstamt sonst nur gegen eine ziemlich hohe Miete an naturbesessene Städter abgab.
Sie hatten die Hütte bei einer Wanderung entdeckt. Und einer der seltenen Fälle war eingetreten, in denen sie sich

alle drei auf Anhieb einig waren: Hier wollten sie einmal ihre Ferien verbringen.
Die Hütte stand am oberen Ende einer Waldwiese, war aus kaum behauenen mächtigen Baumstämmen zusammengefügt und hatte ein Dach aus Schindeln. An der südlichen Längsseite gab es nur eine Tür. Links daneben eine grob behauene Bank, rechts einen Brunnen, dessen Wasser in einen ausgehöhlten Baumstamm plätscherte.
Auf der Rückseite und an den beiden Giebeln befand sich je ein Fenster. Die ganze Behausung war ohne einen Nagel zusammengefügt worden. Die Balken ruhten in Kerben, Fenster, Türrahmen und auch das Dach waren mit Zapfen eingefügt worden. Es gab weder elektrisches Licht noch eine Heizung, außer der offenen Feuerstelle, von der aus der Rauch senkrecht nach oben in die Kaminöffnung abzog.
Neben dem großen Raum, der Küche und Wohnzimmer in einem war, befanden sich noch drei Schlafkammern mit einfach zusammengezimmerten Doppelstockbetten.
Unterhalb der Waldlichtung trafen sich drei Wanderwege, die sternförmig aufeinander zuliefen. Pit hatte die Wanderkarte studiert und festgestellt, daß man nach beiden Seiten je siebzehn Kilometer gehen oder fahren mußte, bis man auf die nächste Ansiedlung traf. Der dritte Weg führte nach dem vier Kilometer entfernten Ellertsweiler. Auf halbem Weg dorthin traf man auf das Forsthaus, das von dem Forstrat Wilhelm Mailinger bewohnt wurde. Vor drei Jahren war seine Frau gestorben, seit dieser Zeit lebte er allein. Zweimal in der Woche kam eine Frau aus dem Dorf, die saubermachte und für den Forstrat einkaufte.
Herr Bergemaier ließ seinen Wagen ausrollen. Das Forsthaus stand auf einer kleinen Anhöhe und war nur über eine

Treppe zu erreichen. Der Sommertag war warm und sonnig. Bienen umschwirrten die Köpfe der drei Kinder, als sie die Stufen hinaufstürmten.
Mailinger saß auf seiner Terrasse, von der aus man weit über das hügelige Waldland blicken konnte. Er rauchte eine knorrige Pfeife, hörte ein klassisches Konzert im Radio und hatte eigenhändig die Kaffeetafel aufgebaut.
Der Forstrat war Ende Fünfzig, gut ein Meter neunzig groß, breitschultrig, aber trotzdem sehr schlank. Als er jetzt aufstand, wirkten seine Bewegungen leicht und federnd. Pit war schon bei seinem ersten Besuch aufgefallen, wie jugendlich der Forstmann erschien, wenn er sich bewegte.
Mailinger breitete die Arme aus, und sein wettergegerbtes, von einem dichten schwarzen Bart umrahmtes Gesicht strahlte.
»Da seid ihr ja!«
Herr Bergemaier begrüßte ihn. Dann gaben auch die drei Kinder Mailinger die Hand.
»Ich habe der Alma gesagt, sie soll einen Kuchen für euch backen – und nun ist eine richtige Torte draus geworden!« Er deutete auf das Prachtexemplar in der Mitte des Tisches.
Erst jetzt fiel Jonnys Vater auf, daß Mailinger ein dickes Pflaster an der rechten Stirnseite trug, unter dem sich ein Mullpolster wölbte.
»Sind Sie verletzt?« fragte Herr Bergemaier besorgt.
»Tja, zum Glück hat da einer nicht so gut gezielt.«
Mit einem Schlag schien der strahlende Sommertag verdüstert, obwohl keine Wolke am Himmel zu sehen war.
»Auf Sie ist geschossen worden?« fragte Pit überrascht.
»Ja, nicht nur einmal. Ich muß euch das erzählen; denn es wirft all unsere Pläne um.«

Pit, Arnica und Jonny starrten ihn ungläubig an.

»Ja, tut mir leid«, sagte der Förster, »ich hätte so etwas auch nicht für möglich gehalten.«

Herr Bergemaier wurde sichtlich unruhig. Einmal, weil er sich um seinen Sohn und dessen Freunde Sorgen machte, zum anderen aber auch, weil er ein Gespür dafür hatte, wenn sich irgendwo eine Geschichte ereignete, die er beruflich nutzen konnte. Jonnys Vater war Journalist und arbeitete als Reporter bei einer großen Zeitung. Er war vor allem durch seine Berichte über Kriminalfälle bekannt geworden. Der Förster goß Kaffee ein und schnitt Kuchen ab. Das wirkte fast ein wenig feierlich, und niemand sprach, bis alle versorgt waren. Dann nahm Herr Bergemaier wieder das Wort: »Und nun fühlen Sie sich bedroht, Herr Mailinger?«

Der Forstmann holte weit aus: »Ich übe nun seit über dreißig Jahren meinen Beruf aus, und ich habe es immer abgelehnt, in den Verwaltungsdienst zu gehen. Möglichkeiten hätte es genug gegeben. Erst vor zwei Jahren hat man mir angeboten, als Waldeinrichter zu arbeiten.«

»Was soll denn das sein?« fragte Arnica dazwischen.

»Das ist ein Fachmann, der die einzelnen Forstämter bei der Aufforstung berät. Er zieht von Revier zu Revier und entwickelt einen Plan, welche Bäume man schlägt, welche Areale neu bepflanzt werden und, vor allem, wie man sie neu bepflanzt. Wir sind jetzt natürlich bemüht, immer eine Mischung zu finden, die dem Waldsterben einigermaßen standhält.«

»Entschuldigen Sie«, unterbrach ihn Pit, »das ist sicher sehr interessant, aber wir wollten vor allem wissen, warum Sie sich bedroht fühlen.« Mailinger lachte. »Du kommst wohl immer gleich zur Sache. Das ist die Unruhe, die ihr Städter alle habt. Also: Ich will mein Leben nicht mehr ändern. Ich bleibe in meinem Wald. Der braucht mich nämlich. Nun gut. Letzte Woche bin ich wieder einmal allein unterwegs, nur mein Dackel ist bei mir. Ich komme durch den Eschengrund, folge dem Paradiesflüßchen und steige über den Geistklingenweg zu der Lichtung hinauf, wo die Blockhütte steht. Ich wage meinen Augen kaum zu trauen: Aus dem Kamin steigt Rauch auf. Nun weiß ich natürlich ganz genau, daß ich die Hütte an niemanden vermietet habe. Ich denke sofort an einen Landstreicher und gehe direkt auf das Haus zu. Und plötzlich fliegen mir die blauen Bohnen um die Ohren.«

»Ist ja nicht zu fassen«, rief Herr Bergemaier und zog aus reiner Gewohnheit einen kleinen Notizblock und einen Stift aus der Tasche. Von jetzt an schrieb er alles mit, was der Forstbeamte erzählte.

»Na ja, so was Ähnliches hab' ich auch gedacht«, fuhr Mailinger fort. »Dummerweise hatte ich keine Waffe dabei. Ich werfe mich also vorsichtshalber ins Gras und packe meinen Hund beim Fell, der am liebsten direkt auf die Hütte zugestürmt wäre. Das Schießen hörte auf. Dann sah ich, wie einer aus der Hütte kommt. Er läuft geduckt am Brunnen vorbei zur hinteren Giebelseite – ihr kennt euch ja aus, nicht wahr? – Ich will mich aufrichten, aber da ballert der Idiot schon wieder los. Mir bleibt gar nichts anderes übrig, als in Deckung liegenzubleiben.

Eine ganze Weile warte ich so, dann hebe ich vorsichtig wieder den Kopf. Der Kerl hat sich offensichtlich aus dem Staub gemacht. Vorsichtig pirsche ich mich an die Blockhütte heran. Sie ist verlassen, aber der schießwütige Bewohner hat natürlich Spuren hinterlassen. Offensichtlich hatte er sich schon seit Tagen in der Hütte aufgehalten, dort gekocht, abwechselnd in allen sechs Betten geschlafen und es sich auch sonst gemütlich gemacht.«

Der Förster klopfte seine Pfeife aus und begann, seinen Kuchen zu essen. Die anderen spürten, daß die Geschichte noch nicht zu Ende war, aber Mailinger ließ sich Zeit.

»Also doch irgendein Landstreicher«, sagte Jonny.

Der Förster schüttelte den Kopf. »Ein Landstreicher mit einem Gewehr; so was hab ich noch nie gesehen.«

»Ich auch nicht«, sagte Pit. »Aber könnte es nicht irgendein Verbrecher gewesen sein, der sich in der Hütte versteckt hat?«

»Das kommt schon eher hin.« Mailinger nickte. »Aber er versteht auch etwas von unserem Handwerk.«

Die Kinder starrten ihn überrascht an. Herr Bergemaier hatte begonnen, sich Notizen zu machen.

»Noch am gleichen Tag habe ich zwei Schlingen gefunden – fachmännisch ausgelegte Fallen. In einer hatte sich ein Reh verfangen, das ich zum Glück noch befreien konnte, bevor es sich etwas gebrochen hat.«

»Sind Sie dem Kerl noch mal begegnet?« fragte Herr Bergemaier.

»Ja. In meinem Revier befinden sich dreizehn Waldhütten. Die sind zwar nicht so wohnlich wie das Blockhaus an der Lichtung, aber man kann sich zur Not ganz gut darin aufhalten. Und es steht außer Zweifel, daß auch sie benutzt worden sind.«

»Was sagt denn die Polizei dazu?« fragte Pit.

»Die meint, daß sie schließlich nicht vor jede Hütte einen Posten stellen könne. Ich solle die Augen offenhalten und ständig weiter berichten.«

»Na, das wird was nützen!« brummte Herr Bergemaier ärgerlich.

»Natürlich bringt das nichts. Vor allem hält das den Ganoven nicht davon ab, weiter auf mich zu schießen. Vorgestern war ich im alten Steinbruch; der liegt vier Kilometer südlich vor der Lichtung zwischen dem Pletzenwald und der Pferdeklinge. Bis vor fünfzehn Jahren wurde dort Sandstein abgebaut. Inzwischen versuchen wir, das Gelände wieder zu begrünen und einen Schutzwald wachsen zu lassen. Ich wollte den Baumbestand kontrollieren, was ich so alle sechs, acht Wochen mal mache. Und dabei hab ich mir diesen Streifschuß geholt!« Er fuhr mit den Fingerkuppen über die Verletzung an seiner Schläfe. »Drei Zentimeter weiter links, und ich würde mir die Radieschen nun schon von unten ansehen.«
»Am besten nehme ich euch gleich wieder mit«, wandte sich Bergemaier an die drei jungen Leute. Er klappte sein Notizbuch zu und hob den Kopf.
»Wieso denn? Auf uns wird er ja wohl nicht schießen«, protestierte Jonny. »Also auf keinen Fall könnt ihr alleine dort draußen im Blockhaus wohnen«, erklärte Mailinger kategorisch.
»Aber wir wollen doch bei Ihnen arbeiten.«
»Ja, ich weiß.«
»Und wir hatten ausgemacht, daß wir während der Ferien in der Blockhütte unterkommen können.«
»Das war aber, bevor dieser Verrückte hier sein Unwesen trieb.«
Pit, Arnica und Jonny sahen sich betreten an.
»Schließlich kann ich ja nicht zu euch ins Blockhaus ziehen«, sagte Mailinger.
»Sie nicht, das stimmt, aber Pepper vielleicht«, warf Pit ein.
»Der wird Besseres zu tun haben«, meinte Jonnys Vater skeptisch.

»Im Augenblick hat er aber keinen Auftrag«, warf Arnica ein.
»Wer ist Pepper?« fragte Mailinger.
»Ein Privatdetektiv«, antwortete Herr Bergemaier, »tüchtiger Mann, schon etwas älter. Die Kinder sind mit ihm befreundet.«
»Na ja, wenn ein Erwachsener dabei wäre...«
»Und er könnte den Schützen vielleicht sogar finden«, rief Pit eifrig. »Pepper ist der beste Fahnder weit und breit.«
»Es geht ja nur darum, daß die jungen Leute nachts nicht alleine dort draußen sind«, bemerkte der Förster nachdenklich.
Bergemaier schüttelte den Kopf. »Ich kenne die drei. Die fangen sofort an, selber zu ermitteln. Und sobald das der Verrückte merkt, hat er sie auch auf dem Kieker. Es wäre nicht das erste Mal, daß sie sich in Gefahr bringen.«
»Nun ja, ich kann nichts dazu sagen«, meinte Mailinger, »das ist Sache der Eltern. Nun muß ich eben sehen, daß ich für die Pflanzarbeiten schnell Ersatz kriege.«
»Also ich fahr nicht zurück«, sagte Pit bockig.
»Ich auch nicht«, schloß sich Arnica an. »Ich hab mich so auf die Ferien hier gefreut.«
Jonny wagte nicht, seinem Vater zu widersprechen, aber er wußte natürlich, wie er ihn beeinflussen konnte. »Mann, ist das eine Story«, begeisterte er sich. »Jetzt ist sowieso Sauregurkenzeit. Du solltest eigentlich für jede Geschichte dankbar sein.«
Herr Bergemaier mußte lachen. »Schauen Sie sich das Schlitzohr an«, wandte er sich an Mailinger.
»Ihr könntet bei mir wohnen, bis dieser Pepper kommt«, sagte der Forstmann. »Im allgemeinen mag ich es nicht,

wenn Leute in meinem Haus logieren, aber in diesem Fall könnte ich vielleicht einmal eine Ausnahme machen.«

»Dafür könnt' ich Ihnen glatt um den Hals fallen«, rief Arnica.

»Lieber nicht«, wehrte der Förster ab, »ich bin so was nicht gewohnt.«

Er wies Arnica eine kleine Dachkammer zu. Pit und Jonny bekamen einen großen Raum in einem Anbau. Herr Bergemaier fuhr zurück, nicht ohne den dreien eingeschärft zu haben, daß sie nichts auf eigene Faust unternehmen sollten. Er versprach, noch am Abend Paul Pepper aufzusuchen.

Mailinger und seine jungen Gäste saßen bis in die Nacht hinein auf der Terrasse. Der Förster erzählte von seiner Arbeit.

Pit wunderte sich: »Jetzt machen Sie das schon über dreißig Jahre und sind immer noch so begeistert davon.«

»Wundert dich das?«

»Ich habe bisher nur Leute getroffen, die über ihre Arbeit stöhnen.«

»Mein Vater aber nicht«, warf Jonny ein.

»Stimmt, der nicht, aber sonst fast alle.«

»Wenn man den Wald und die Natur so liebt wie ich«, betonte Mailinger, »dann muß man doch einfach dankbar sein, daß man jeden Tag dafür arbeiten darf.«

Als Herr Bergemaier den Garten Paul Peppers betrat, war es schon dunkel geworden. Er schritt den geschwungenen Plattenweg entlang und sah den Detektiv auf einem seiner knorrigen Birkenholzstühle unter dem Kastanienbaum sitzen. Ihm gegenüber hatte Frau Scheringer Platz genommen, die man im ganzen Viertel nur »Die Alte«

nannte, was sie sich gern gefallen ließ, weil sie es für einen Ehrentitel hielt.
Auf dem ausladenden Tisch brannte eine alte Stallaterne. Frau Scheringers Strickzeug klapperte, und Pepper nukkelte an seiner Pfeife. Er sah nur kurz auf und sagte dann: »Nehmen Sie Platz, Herr Bergemaier. Sind die Kinder gut angekommen?«
»Wie man's nimmt.« Herr Bergemaier gab Frau Scheringer die Hand.
Pepper schaute ihn unter seinen buschigen Augenbrauen hervor fragend an. »Was ist los?«
Bergemaier erzählte kurz, was er von Forstrat Mailinger erfahren hatte. Er erwähnte nicht, daß sich die Kinder wünschten, Pepper möge ihnen Beistand leisten.
»Da sollte man aber mal nach dem Rechten schauen«, ließ sich der Detektiv hören.
»Wer denn, Sie?« fragte die Alte.
»Wer sonst? Dachten Sie vielleicht, daß der Rübezahl oder sonst irgendein Polizist sich um so was kümmert?«
Rübezahl hieß mit richtigem Namen Rübenach, war Kriminalrat und früher einmal Peppers Vorgesetzter gewesen. Doch PP, wie Paul Pepper von seinen Freunden genannt wurde, hatte es bei der Polizei nicht lange ausgehalten. Und daran war Rübenach nicht ganz unschuldig gewesen. Jetzt verband die beiden ein seltsames Freund-Feind-Verhältnis.
»Ich könnte meinen Kiosk für ein paar Tage zumachen und mitkommen«, warf Frau Scheringer ein.
»Was denn, Sie mit Ihren 81 Jahren?« bullerte Pepper los.
»Es ist nicht charmant, einer Dame ihr Alter vorzuhalten!« tadelte ihn Frau Scheringer.

»Außerdem sind Sie ja auch kein junger Hupfer mehr«, wandte sich Herr Bergemaier schmunzelnd an Paul Pepper.
»Das fehlte mir noch«, brummte PP, »Ermittlungen im tiefen Wald mit einer Assistentin an der Seite, die ständig über ihre Gehbeschwerden klagt.«
»Ich will die Fälle gar nicht erst alle aufzählen«, gab die Alte zurück, »in denen ich Sie herausgehauen habe, obwohl ich gehbehindert bin.«
»Wollen Sie etwas trinken?« fragte Pepper den Journalisten, um das Thema zu wechseln.
»Ich bedien' mich!« Herr Bergemaier nahm eine Flasche Bier aus einem geflochtenen Henkelkorb, der neben dem Tisch im Gras stand.
»Also, was wollen Sie jetzt unternehmen?« fragte er dann den Detektiv.
»Soll ich denn etwas tun?«
»Na ja, Mailinger sagt, er läßt die drei nur in das Blockhaus, wenn ein Erwachsener dabei ist.«
»Recht hat er. Und was sagen die drei dazu?«
»Ich glaube, die würden sich über Ihr Kommen sehr freuen.«
»Und ich?« fragte Frau Scheringer.
»Na, darüber wären sie wahrscheinlich mindestens genauso erfreut.« Die Alte schaute den Detektiv triumphierend an. Pepper gab nur einen undefinierbaren Laut von sich und öffnete eine Bierflasche.
»Auf jeden Fall geh' ich morgen erst einmal zur Kriminalpolizei, um herauszufinden, ob irgend etwas vorliegt, was mit der Geschichte zu tun haben könnte.«

Rübenach war, wie immer, schlecht gelaunt. Er saß in seinem häßlichen, grün gestrichenen Arbeitszimmer. Auf seinem Schreibtisch türmte sich ein Berg Akten, den er immer mal wieder anstarrte, als ob es sich um einen unbezwingbaren Achttausender im Himalaya handelte.

»Da denkt man an nichts Böses, und wer kommt...?« rief er aus, als Pepper den Raum betrat.

»Ich halte Sie nicht lange auf«, beruhigte ihn der Privatdetektiv.

»Das will ich aber auch hoffen.«

»In den Waldbergen bei Ellertsweiler treibt sich ein Kerl rum, der Schlingen auslegt und auf Menschen schießt, wenn sie in seine Nähe kommen.«

»Wilddiebe fallen nicht unter mein Gebiet«, gab Rübezahl patzig zurück.

»Aber wenn es sich um einen Mordversuch handelt...?«

»Wenn...!«

»Auf den Förster ist zweimal geschossen worden; einmal hat er einen Streifschuß abbekommen.«

»Na und?«

»Was unternimmt da die Polizei?«

»Fragen Sie in Ellertsweiler nach; die werden ja hoffentlich einen Polizeiposten haben.«

»Darauf wäre ich zur Not auch selber gekommen.«

»Na wunderbar!« sagte Rübenach und zog einen Aktendeckel zu sich her. Aber das hätte er besser bleibenlassen; denn sofort kam der ganze Achttausender auf seinem Schreibtisch ins Rutschen. Rübenach warf mit Schwung ein Bein auf die Schreibtischplatte und stoppte den Bergrutsch.

»Ich will nur wissen, ob es irgendwelche Erkenntnisse gibt, die auf einen Verbrecher hindeuten, der sich im Wald versteckt hält.«

»Nein!« sagte Rübenach kurz angebunden.

»Danke.« Pepper ging zur Tür.

»Aber wir suchen einen Bankräuber, der spurlos verschwunden ist.«

»Aha!«

»Der Mann hat nachweislich mit einer Jagdflinte geschossen.«

»Hat er jemand ... ?«

»Er hat niemand verletzt und niemand umgebracht, obwohl er sechs Schuß abgegeben hat. Die sind aber alle in die Decke gefahren, beziehungsweise vom Panzerglas des Bankschalters abgeprallt.«

Pepper kratzte sich an seiner Stirnglatze und sah Rübenach nachdenklich an. »Irgendwelche sonstigen Hinweise?«

»Nein, der Kerl trug weder einen grünen Lodenmantel noch einen Jägerhut mit Gamsbart, sondern Jeans und einen schwarzen Rollkragenpullover. Über das Gesicht hatte er eine Wollmütze mit zwei Löchern gestreift. Er hat 85 000 Mark erbeutet und wurde seitdem nicht mehr gesehen.«

»Ist die Überwachungskamera mitgelaufen?«

»Ja.«

»Und? Könnte ich den Film mal ansehen?«

»Von mir aus. Wenden Sie sich an Treiber.«

»Kenn' ich nicht!«

»Zwei Türen weiter. Mein neuer Assistent. Weiß alles besser. Kommt nämlich von der Uni. Ich bin froh, wenn er beschäftigt ist und mir nicht im Weg rumsteht. Genau wie bei Ihnen damals, Pepper!«

Pepper nickte und sagte: »Da kann er einem aber leid tun, der Herr Treiber!« Und schon war er draußen.

Rübenach nahm sein Bein von der Tischplatte und schaute fasziniert zu, wie der Aktenberg immer schneller ins Rutschen geriet, sich dann Akte für Akte über den Rand des Schreibtisches schob und auf den grauen Linoleumboden abstürzte.

Jochen Treiber erwies sich als freundlicher, hilfsbereiter Mensch. Er war klein und schmal, hatte flinke, blaue Augen, kurze, sauber gescheitelte Haare, eine Brille mit Goldrand und auffallend schmale, feingliedrige Hände. Er legte sofort das Videoband ein. Pepper setzte sich auf einen Bürostuhl dicht vor den Bildschirm, preßte die Hände zwischen die Knie und beugte sich so weit vor, daß er mit der Nase fast an den Bildschirm stieß.

Der Film, schwarzweiß und grobkörnig, zeigte eine Schalterhalle. Vor den Schaltern standen ein alter Mann und eine junge Frau mit einem kleinen Kind. Hinter dem Schalter saßen zwei Bankangestellte. Die Tür flog auf, ein maskierter Mann stürzte herein und schoß offensichtlich ohne Vorwarnung in die Decke. Da der Film ohne Ton war, wirkte das alles eher komisch, vor allem, weil das Gewehr des Bankräubers einen ziemlich langen Lauf hatte.

Pepper hielt das Bild an, um den Mann genauer betrachten zu können. Er wirkte sportlich durchtrainiert, ja, muskulös. Ansonsten war Rübenachs Beschreibung so genau gewesen, wie es bei diesem unscharfen Bild eben ging. Pepper ließ den Videofilm weiterlaufen. Der Bankräuber bewegte sich auf eine elegante, ja, beinahe katzenhafte Art und Weise. Sein Gang war leicht und federnd. Pepper schloß daraus, daß er sich oft in der freien Natur bewegte. Städter, die gewohnt waren, tagaus, tagein das harte Pflaster zu treten, bewegten sich anders.

Der Mann schob nun den Lauf seines Gewehrs über den Tresen – dorthin, wo zwischen den Panzerglasscheiben ein schmaler Zwischenraum war. Dann aber zog er die

Waffe blitzschnell wieder zurück und richtete sie mit einer Hand auf die Frau und das Kind. Die Mutter riß den Kleinen an sich und legte schützend ihre Arme um ihn. Ohne sich von den beiden abzuwenden, reichte der Bankräuber einen geräumigen Plastikbeutel über das Panzerglas hinweg dem Kassier zu, der, so schnell er nur konnte, Geld hineinstopfte. Als der Beutel voll und die Kasse offensichtlich leer war, hob der Kassier die Plastiktasche wieder über das Glas. Der Bankräuber mußte sich recken. Pepper stoppte das Bild. Da sich der Mann so hoch recken mußte, war auch sein schwarzer Rollkragenpullover nach oben gerutscht. Man konnte deutlich erkennen, daß er einen breiten Gürtel mit einer auffallenden Gürtelschnalle um seine Jeans trug.
»Haben Sie das gesehen?« rief Pepper.
»Bitte, was?« fragte Treiber verwundert.
»Die Gürtelschnalle!«
»Ehrlich gesagt - die ist mir nicht aufgefallen!«
»Haben Sie mal eine Lupe oder so was?«
Treiber kramte eifrig in seiner Schreibtischschublade und förderte eine große, runde Lupe an einem Stiel zutage.
Pepper beugte sich wieder bis an den Bildschirm vor.
»Da, es sieht aus wie eine Schlange!«
»Das ist die Nachbildung einer Schlange«, stellte Treiber fest, »eine zusammengerollte Schlange, die den Kopf hebt.«
»Was es nicht alles gibt.« Pepper schüttelte den Kopf. »Das drückt beim Sitzen bestimmt teuflisch in den Bauch.«
»Nicht, wenn man so schlank ist wie der da!«
Pepper ließ den Film weiterlaufen. Der Bankräuber bewegte sich rückwärts auf die Tür zu. Ehe er den Raum verließ, schoß er noch drei oder vier Mal, was man jetzt am Mündungsfeuer genau erkennen konnte.
»Was ist das für eine Waffe?« fragte Pepper.

Treiber schlug einen Aktendeckel auf und las vor: »Ein Meredith-Gewehr. Eine Jagdwaffe aus Amerika, Kaliber 0,9!«
»Ein amerikanisches Jagdgewehr!« murmelte Pepper. »Gibt's denn so etwas bei uns im Handel?«
»In Liebhabergeschäften.«
»Und? Habt ihr die abgeklappert?«
»Alle im Umkreis von zweihundert Kilometer – aber ohne Erfolg.«
»Da wird sich Rübezahl aber gefreut haben«, grinste Pepper.
Treiber seufzte schwer, sagte aber nichts.
Pepper verließ tief in Gedanken das Zimmer des jungen Beamten. Von einer Telefonzelle aus rief er Forstrat Mailinger an.
»Sie sind also der berühmte Paul Pepper«, rief dieser gutgelaunt in den Hörer. »Ich hab gestern abend noch viele Geschichten über Sie gehört.«
»Na, hoffentlich stimmt wenigstens die Hälfte davon«, sagte Pepper. »Ich werde noch einen Tag hier festgehalten. Wichtige Recherchen. Morgen um die Mittagszeit tauche ich dann bei Ihnen auf. Wie geht's den jungen Leuten?«
»Ich weiß nicht. Die haben heute mit ihrer Arbeit begonnen. Am Anfang ist das meistens eine ziemliche Strapaze!«
»Dürfte den dreien schon nichts schaden«, meinte Pepper und bat den Forstmann, Grüße an Pit, Jonny und Arnica auszurichten.
Die Kinder hatten sich am frühen Morgen, kurz nach sieben Uhr, bei dem Vorarbeiter gemeldet. Er war noch ziemlich jung und ausgesprochen unfreundlich. »Das hat

mir gerade noch gefehlt, so ein paar Asphaltpflanzen aus der Stadt«, raunzte er sie an.
»Wollen Sie nicht erst abwarten, was wir zustande bringen?« fragte Pit ärgerlich.
»Das seh' ich auch so: nichts Vernünftiges!« Er wandte sich abrupt ab.
Die Waldarbeiterkolonne umfaßte sieben Leute, außer Pit, Arnica und Jonny noch zwei Männer und zwei Frauen aus der Gegend. Den Vorarbeiter sprachen alle mit Tony an. Ein älterer, schwergewichtiger Mann wurde Franz gerufen. Dann war da noch ein schlaksiger, etwa fünfunddreißig Jahre alter Kerl namens Axel, ein achtzehnjähriges Mädchen, das Lore hieß, und eine Frau um die vierzig mit Namen Maria. Alle vier arbeiteten schon seit Jahren im Wald und hatten entsprechende Erfahrungen gesammelt. Während die Waldarbeiter sich mit ihren Hacken, Rechen und Setzeisen in den Furchen abmühten, fuhr Tony den Traktor, schaffte die Pflänzchen heran, lud sie ab und verteilte sie. Er gab knappe Anweisungen und war öfter mal verschwunden.
»Wo steckt denn der Tony?« fragte Pit Maria, die neben ihm arbeitete.
»Was ich nicht weiß, macht mich nicht heiß«, antwortete sie ausweichend, und Lore fügte lachend hinzu: »Solange er sich woanders rumtreibt, kann er uns hier wenigstens nicht schikanieren!«
»Vielleicht geht er ja heimlich auf die Jagd«, ließ sich Jonny hören, der am Boden kauerte und im Abstand von sechzig Zentimetern Setzlöcher in den Boden bohrte.
Axel kicherte. »Du bist gar nicht so blöd, wie du aussiehst, Kleiner!«
Franz schneuzte sich die Nase, indem er den Daumen ge-

gen ein Nasenloch drückte und das andere mit Gewalt ausschnaubte. Dann sagte er: »Redet nicht so viel, schafft lieber was.«

Die Arbeit war anstrengend. Schon nach einer Stunde lehnte sich Arnica an einen Baumstamm und stöhnte: »Mir tut das Kreuz vielleicht weh; ich glaube, ich kann bald nicht mehr!«

»Mir geht's genauso«, seufzte Jonny. »Ich fühle mich, als ob ich in der Mitte durchgebrochen wäre.«

»Wir haben einen Acht-Stunden-Tag«, bemerkte Franz knapp, »schafft mal das Unkraut rüber auf den Haufen!«

Es stellte sich überhaupt bald heraus, daß Franz immer wieder Arbeiten für die Kinder aussuchte, die nicht so anstrengend waren.

Tony kam erst zur Vesperpause wieder. Er brachte frische Brötchen und Kaffee in einer Thermoskanne mit.

»Er ist also im Dorf gewesen«, flüsterte Pit Arnica zu.

»Na, wie lassen sich die halben Portionen an?« fragte Tony die anderen.

»Sie sind fleißig und willig«, sagte Franz ernst.

»Übertreib' bloß nicht!« Tony schaute den alten Arbeiter unfreundlich an.

»Paß auf, wie du mit mir redest«, erwiderte der, ohne seinen ernsten Gesichtsausdruck zu verändern.

Tony zuckte die Achseln und ging zu Lore hinüber.

»Geht's gut?«

»Mir immer.« Lore schien über alles lachen zu können. »Schlechten Leuten geht's doch immer gut; merkt man ja an dir, Tony!«

Sie lachten zusammen, und Tony reichte ihr eine Tüte.

»Ich hab' dir was zum Naschen mitgebracht. Auf meine Rechnung natürlich.«

Lore nahm die Tüte mit großer Selbstverständlichkeit entgegen. »Ist das ein Geschenk?«
»Sag' ich doch!«
»Ich frag' nur zur Sicherheit«, flachste Lore. »Nicht daß du glaubst, du könntest dir damit was einhandeln!«
Tony setzte sich auf einen Baumstumpf, füllte sich einen Becher aus der Thermoskanne und sagte: »Habt ihr das auch gehört, daß auf den Mailinger geschossen worden ist?«
»Schon zweimal«, sagte Franz.
»Aber leider hat der Typ nicht getroffen.« Tony lachte gehässig und schaute dabei zu den Kindern hinüber.
»Haben Sie was gegen den Förster?« fragte Pit.
»So weit, daß du mich so was fragen kannst, sind wir noch lange nicht!«
»Er hat ihn schon zweimal nicht an einem Lehrgang teilnehmen lassen«, antwortete Franz auf seine ruhige Art.
»Halts Maul!« zischte ihn Tony an.
»Du verbietest mir nicht den Mund! Du nicht!« herrschte ihn Franz an. »Bloß weil du Vorarbeiter bist!«
»Forstfacharbeiter, und du bist Forsthilfsarbeiter. Wenn du das noch immer nicht begriffen hast, sag' ich's dir gern noch ein paar dutzendmal.«
Franz entgegnete nichts. Er wickelte eine Wurst und einen halben Laib Brot aus, zog ein gewaltiges Messer aus seinem Gürtel, schnitt sich einen Brocken Brot und ein großes Stück Wurst ab und warf dann unvermittelt das Messer dicht an Tonys Kopf vorbei, so daß es zitternd in einem Baumstamm steckenblieb.
Maria hob den Kopf und sagte mahnend: »Muß das sein, Franz?«
Doch der alte Waldarbeiter antwortete nicht.

Tony hatte nicht einmal mit der Wimper gezuckt, als das Messer dicht an seinem Gesicht vorbeisauste. Pit und Jonny wechselten einen Blick.

Die Kinder hatten von Mailinger belegte Brote mitbekommen und verdrückten sie in einer Rekordzeit.

Franz sah auf und sagte: »Wollt ihr von meiner Wurst was abhaben?«

»Gern«, antwortete Jonny rasch.

Franz warf ihm ein großes Stück zu.

»Ihr könnt mein Messer nehmen.«

Pit ging zu dem Baumstamm. Er hatte Mühe, das Messer herauszuziehen, so tief steckte es im Holz.

Lore rief herüber: »Ich schaff' die süßen Stückchen nicht. Da, Arnica, komm bediene dich!«

»Dafür hab' ich sie dir nicht mitgebracht«, brummte Tony.

»Deshalb hab' ich dich ja auch gar nicht erst gefragt«, gab Lore lachend zurück.

Bis zur Mittagspause blieb Tony da. Er arbeitete sogar mit. Und es zeigte sich, daß er außerordentlich geschickt war. Gesprochen wurde nun kaum noch. Alle arbeiteten fast verbissen. Auch Pit, Jonny und Arnica. Sie merkten wohl, wie Tony immer wieder einen prüfenden Blick zu ihnen herüberwarf.

Mittags kam Mailinger vorbei. Er hatte in seinem Wagen einen Kessel mit Eintopf und für jeden ein Eßgeschirr und Besteck.

»Nun, Tony, wie läuft's?« fragte er freundlich.

»Überraschend gut«, antwortete Tony.

»Na, Gott sei Dank«, sagte der Förster.

Sie gingen dann nebeneinander die Furchen hinauf und begutachteten die Arbeit. Mailinger bückte sich ab und zu, prüfte mit den Fingern, ob die Setzlinge auch tief genug in die Erde gebracht waren und ob der Boden nicht vielleicht zu trocken war. Er gab Tony ein paar Anweisungen, die man aus der Entfernung nicht verstehen konnte, und stieg dann wieder in seinen Wagen.

Dem Beobachter mußte es so vorkommen, als herrsche zwischen dem Förster und dem Vorarbeiter das beste Einvernehmen. Kaum war Mailinger weggefahren, da verließ auch Tony die Schonung.

»Wo fährt er denn hin?« fragte Arnica.

»Keine Ahnung«, sagte Lore.

»Vielleicht hat ihm der Förster einen Auftrag gegeben«, meinte Axel.

»Wer's glaubt, wird selig«, ließ sich Maria hören.

»Und beim Bäcker wird man mehlig«, ergänzte Lore und war schon wieder am Kichern.

»Ihr tut mal ein bißchen langsam heute nachmittag«, wandte sich Franz an Jonny, Pit und Arnica. »Wenn ihr so weiterarbeitet, schafft ihr womöglich mehr als wir und verderbt die Preise.« Zum ersten Mal huschte ein Lächeln über sein Gesicht.

Die drei hätten auch ohne diese Aufforderung langsamer gearbeitet. Ihre Muskeln und Knochen schmerzten. Jonny war manchmal zu schwach, ein Bündel Unkraut aufzuheben. Arnica stützte sich immer häufiger auf den Stiel ihrer Hacke und wischte sich mit dem Arm den Schweiß von der Stirn. Nur Pit arbeitete verbissen und in ständigem Gleichmaß weiter. Immer häufiger sah Franz zu ihm herüber, und es war leicht festzustellen, daß Anerkennung in seinem Blick lag.

Kurz vor fünf Uhr erschien Tony wieder. Er hatte jetzt einen Anhänger hinter dem Traktor, der mit Meterholz hoch beladen war.

»Na also, auf der faulen Haut ist er nicht gelegen«, bemerkte Axel mit Blick auf das heranrollende Gespann.
»Möchte wissen, wem das Holz gehört«, brummte Franz.
»Jedes Scheit einem anderen«, meinte Maria.
»Das versteh' ich nicht«, sagte Arnica kopfschüttelnd.
Die Frau legte ihr kurz den Arm um die Schultern. »Das ist ganz einfach: Man fährt kreuz und quer durch den Wald. Und überall, wo Holz aufgeschichtet ist, nimmt man ein, zwei oder drei Stücke mit. Anschließend muß man dafür sorgen, daß der Holzstoß wieder gleichmäßig aussieht, also die Lücken ausgleichen, und fährt weiter zum nächsten.«
»Oft kann man das allerdings nicht machen«, sagte Axel grinsend, »sonst sieht am Ende der Stoß immer noch gleichmäßig aus, ist aber bloß noch halb so hoch!«
Dann unterbrach er sich und wandte sich wieder seiner Furche zu.
Tony sprang vom Traktor und rief: »Feierabend!«
»Noch nicht«, gab Franz ruhig zurück, «betrogen wird hier nicht!«
»Hab' dich nicht so«, antwortete der Vorarbeiter giftig, »ich muß um halb sechs in der Stadt sein.«
»Und vorher muß er noch baden, sich rasieren und die Haare waschen!« Lore lachte schon wieder schallend.
»Das mach' ich nur, wenn du endlich mal mit mir ausgehst«, rief Tony, und Lore antwortete kichernd: »Dann mußt du wohl für alle Zeiten ungewaschen bleiben!«
»Los, auf geht's!« trieb sie der Vorarbeiter nun an, »Schluß für heute!«
Franz sah auf die Uhr, schüttelte den Kopf, wollte noch etwas sagen, überlegte es sich dann aber doch anders und begann, seine Hacke mit Grasbüscheln sauber zu reiben.
Pit, Jonny und Arnica stiegen auf den Anhänger. Die an-

deren suchten sich Plätze auf dem Traktor. Maria und Lore saßen auf dem rechten Kotflügel, Axel auf dem linken, und Franz stellte sich auf die Kupplung zwischen Zugmaschine und Anhänger. So tuckerten sie über die Waldwege ins Dorf zurück. Arnica, Jonny und Pit sprangen beim Forsthaus vom Wagen und winkten den anderen hinterher.
»Eigentlich sind die doch alle ganz nett!« sagte Arnica.
»Bis auf den Tony«, zögerte Pit.
»Vielleicht sollten wir mal mit Herrn Mailinger drüber reden«, meinte Jonny.
Aber Pit winkte nur ab. »Da mischen wir uns am besten gar nicht ein.«
Mailinger war ohnehin nicht zu Hause. Sie fanden einen handgeschriebenen Zettel vor:

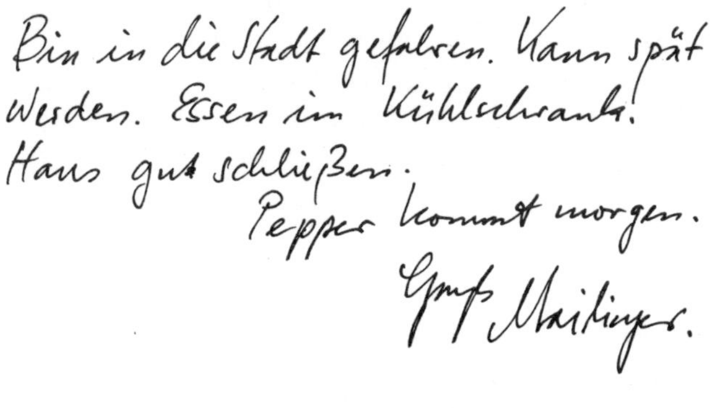
Bin in die Stadt gefahren. Kann spät werden. Essen im Kühlschrank! Haus gut schließen.
Pepper kommt morgen.
Gruß Mailinger.

Im Kühlschrank fanden sie frische Wurst, Käse, Butter, saure Gurken und eine Schüssel Quark mit Kirschen.
Sie setzten sich an den großen Tisch, der an drei Seiten von einer gemütlichen Eckbank umgeben war. Pit schaltete das Radio ein und suchte so lange, bis er Popmusik fand.

Dann machten sie sich über die Köstlichkeiten her. Schon kurz nach neun Uhr wurden sie von einer schweren Müdigkeit überfallen und sanken ins Bett.
Als Pit aufwachte, fand er sich zuerst gar nicht zurecht. Er war im ersten, tiefen Schlaf gewesen. Irgendein Geräusch hatte ihn geweckt. Er richtete sich auf und schaute auf die leuchtenden Zeiger seiner Armbanduhr. Es war 11 Uhr 43. Jetzt hörte er Schritte, leise, vorsichtige, tapsende Schritte direkt über sich. Er wußte, daß es im Haus einen Heuboden gab, auf dem der Förster Futter für die Wildfütterung im Winter aufbewahrte.
Pit sah zu Jonny hinüber, aber der schlief tief und fest. Er überlegte, ob der Förster wohl schon heimgekommen war.
Der Junge schwang seine Beine über den Bettrand und setzte die nackten Fußsohlen auf den Dielenbretterboden. Gespannt horchte er weiter nach oben. Da! Wieder das Geräusch, zu dem nun noch ein zweites kam. Es klang, als würde jemand einen schweren Gegenstand über den Boden zerren.
Pit stieg in seine Hosen und zog die Schuhe an. Leise verließ er den Schlafraum. Vor der Tür war ein schmaler Treppenabsatz. Nach unten ging es in die Wohnstube, nach oben gelangte man durch eine Falltür auf den Dachboden. Langsam und mit klopfendem Herzen stieg er hinauf. Der Förster würde über die Schnüffelei bestimmt ganz schön verärgert sein, wenn er selber dort oben war; wenn aber nicht...!
Pit erreichte die oberste Stufe und löste den Riegel an der Falltür. Er stemmte die Schulter gegen das schwere Brett und drückte es einen Fingerbreit auf.
Der Dachboden reichte bis zum First. Am Giebel befand

sich eine Tür mit einer Seilrolle am oberen Balken. Hier wurden die Heu- und Strohballen heraufgezogen. Und dort entdeckte er nun auch den Schatten eines Mannes, der gerade das Seil, das sonst über die Rolle lief, an einem Balken festknotete. Nun probierte er, ob ihn das Seil und der Knoten auch aushielten, indem er sich kurz daranhängte. Dann nahm er einen viereckigen Gegenstand, hantierte an ihm herum und kippte ihn dann. Eine Flüssigkeit plätscherte heraus, und gleichzeitig stieg Pit der Geruch von Benzin in die Nase.
Es gehörte nicht besonders viel Kombinationsgabe dazu, um herauszubekommen, was der Mann vorhatte. Er brauchte nur noch ein Streichholz anzureißen, und schon würde das ganze Anwesen in Flammen aufgehen. Selbst ohne Benzin hätte das trockene Heu in kürzester Zeit lichterloh gebrannt.
Pit wußte: Der Mann mußte mit allen Mitteln daran gehindert werden, das Streichholz anzuzünden. Er drückte die Falltür vollends auf und griff nach dem nächstbesten Gegenstand. Es war ein schweres Holzscheit, das Mailinger wohl zwischen Tür und Rahmen klemmte, um die Falltür offenzuhalten, wenn er lüften wollte. Pit holte aus und schleuderte das Holz in Richtung des Mannes. Der schrie entsetzt auf und taumelte zurück, direkt auf die Luke im Giebel zu. Einen Augenblick lang setzte Pit das Herz aus. Wenn der Mann dort hinunterstürzte, brach er sich womöglich das Genick. Der Getroffene balancierte an der Kante, er ruderte wie wild mit den Armen. In letzter Sekunde fand er Halt an dem Seil, das er eben noch festgeknotet hatte. Sein Schwung aber warf ihn vollends über die Kante hinaus. Einen Augenblick lang zappelte er mit den Beinen, dann hatte er sich wieder gefangen.

Der Mann befand sich vor dem hellen Nachthimmel und war deshalb wie ein Schattenriß zu erkennen. Pit wußte ganz genau, daß er selbst nicht zu sehen war, denn er stand vor einem dunklen Hintergrund. Er faßte deshalb Mut und bewegte sich auf die Luke zu. Seine Schritte ließen die Bretter knarzen. Das genügte. Der Schatten glitt in die Tiefe.

Pit rannte vor bis zur Giebelwand. Unten im Hof war der Mann jedoch noch weniger zu erkennen. Pit vernahm davonhastende Schritte und kurz darauf das Geräusch eines startenden Motorrads. Der Junge beugte sich hinaus und zog den schweren Laden vor die Luke. Dann stieg er in die Wohnstube hinunter, um auf Mailinger zu warten.

Der kam erst kurz nach ein Uhr und fand den Jungen auf der Eckbank, die Arme auf den Tisch gelegt und den Kopf auf den Armen. Pit schlief.

»Sag' mal, was ist denn in dich gefahren?« Mailinger wirkte etwas ungehalten.

Pit berichtete, was er erlebt hatte. Sofort stieg der Forstrat mit ihm auf den Heuboden. Mit einer Taschenlampe leuchtete er alles ab. Dicht bei der Luke nach draußen stand ein Benzinkanister. Das Heu war noch feucht von dem Treibstoff, dessen beißender Geruch deutlich wahrzunehmen war.

Mailinger legte Pit den Arm um die Schultern und sagte: »Da kann ich dir nur danken, mein Junge. Von dem ganzen Forstgebäude würde wahrscheinlich nichts mehr stehen, wenn du den Kerl nicht überrascht hättest. Das meiste ist hier aus Holz. Wie Zunder hätte das gebrannt!«

Pit kroch wieder ins Bett. Jonny hatte auch jetzt nichts gehört. Er schlief wie ein Stein, was nach dem anstrengenden Tag kein Wunder war.

Beim Frühstück sprachen sie über den nächtlichen Vorfall. Mailinger schärfte ihnen ein, mit niemandem darüber zu reden. Alle drei nickten. Sie hatten ja gewisse Erfahrungen mit der Ermittlungsarbeit bei Kriminalfällen.

Zwei unter Verdacht

Bereits kurz nach sieben Uhr ratterte draußen der Traktor vor. Pit, Jonny und Arnica verabschiedeten sich von ihrem Gastgeber. Er versprach, sie an diesem Tag zum Mittagessen abzuholen, weil er annahm, daß bis dahin auch Pepper eingetroffen sein würde.
Tony war schlecht gelaunt. Er grüßte nicht zurück, als die drei ein fröhliches »Guten Morgen« riefen. Die anderen aber schienen von seiner Bärbeißigkeit wenig beeindruckt zu sein. Lore trällerte laut einen Schlager, Franz las ungerührt den Sportteil der Zeitung, Axel drehte sich trotz der unruhigen Fahrt auf dem Trecker in aller Ruhe eine Zigarette, und Maria summte versonnen die Melodie mit, die Lore aus vollem Hals in den klaren Morgen hineinsang.
Jonny, Pit und Arnica fiel die Arbeit an diesem Tag noch schwerer als am vorhergegangenen. Sie hatten schrecklichen Muskelkater.
»Da müßt ihr drüber wegkommen«, erklärte Franz, »am besten immer gleichmäßig weiterarbeiten. Ab dem dritten Tag wird's dann jeden Tag ein wenig leichter.«
Wegen der Schwielen an den Händen hatten sie Schwierigkeiten, die Stiele ihrer Geräte überhaupt festzuhalten.

Tony blieb den ganzen Vormittag bei ihnen und schuftete verbissen mit.

»Wenn er in so einer Stimmung ist, arbeitet er wie ein Reißverschluß die Furchen rauf und runter«, sagte Lore. »Da kann keiner mithalten.«

Aber das schien Tony heute gar nicht zu stören.

Jonny sah Pit von der Seite an und sagte mit einem Kopfnicken in Tonys Richtung: »Meinst du, er war's?«

»Von der Größe her könnte es stimmen«, meinte Pit, »aber so einfach haut das nie hin!«

»Was denn?« fragte sein Freund verwundert.

»Daß der erste kleine Verdacht auch gleich den Schuldigen trifft.«

Pit holte weit aus und trieb die Hacke tief in den dunklen Waldboden.

Kurz vor elf kam Tony, der sogar während der Neun-Uhr-Pause gearbeitet hatte, zu Pit und forderte ihn auf: »Du kannst mir mal helfen.«

»Wobei denn?«

»Dort vorne müssen wir zwei Bäume umlegen.«

»Das kann ich doch machen«, mischte sich Franz ein.

»Aber zu dir hab' ich's nicht gesagt«, gab der Vorarbeiter unwirsch zurück.

Pit schritt dicht hinter Tony her durch hohes Gestrüpp.

»Wie war's denn in der Stadt gestern?« fragte Pit, nur um etwas zu sagen.

»Das geht dich einen Dreck an«, herrschte ihn Tony über die Schulter an.

»Entschuldigung!«

»Bitte. Kümmer' dich gefälligst um deinen Kram!«

»Haben Sie ein Motorrad?« fragte Pit unbeirrt.

»Wie kommst du denn darauf?«

»Ich hab' gestern einen gesehen, auf einem Motorrad, und ich hätte wetten können, daß Sie das waren!«
»Ich hab' mal ein Motorrad gehabt. Früher. Jetzt fahr' ich Auto.«
Keiner sprach mehr, bis sie die Stelle gefunden hatten, an der die Bäume gefällt werden mußten.
Der Traktor stand nur ein paar Meter davon entfernt. Sie gingen hinüber. Tony gab Pit eine Axt in die Hand, er selber nahm eine Motorsäge.
Pit nahm einen neuen Anlauf: »Mich geht's ja nichts an, – aber was haben Sie eigentlich gegen Herrn Mailinger?«
»Du hast ganz recht, es geht dich nichts an!«
Sie erreichten eine hohe Tanne. »Die muß weg«, meinte Tony.
»Schade, so ein schöner Baum!«
»Sieh mal genauer hin!«
»Die Nadeln werden braun, und die Spitze oben ist ganz dünn!«
»So ist es, und deshalb ist er auch markiert!«
Erst jetzt sah Pit, daß jemand mit einem Beil ein Stück Rinde abgehackt hatte.
»War das der Förster?«
»Ja sicher. Nur er darf bestimmen, welche Bäume geschlagen werden.«
Tony sah prüfend an dem Baum hinauf, dann suchte er die nähere Umgebung ab. Schließlich deutete er nach Süden. »Dahin fällt er!« Er umrundete den Stamm, um noch einmal zu prüfen, ob er auch alles richtig bedacht hatte. »Der Baum hat bereits Schädlinge. Sind die Bäume erst einmal krank, hat's der Borkenkäfer leicht!«
Dann deutete er auf den Fuß des Baumes und sagte: »Da!«

»Was?« fragte Pit.
»Da haust du einen Keil raus: Erst waagrecht, dann schräg von oben!«
»Meinen Sie, ich kann das?«
»Klar kannst du das!«
Pit holte aus und trieb die Axt so tief in den Stamm, daß er Mühe hatte, sie wieder herauszuziehen. Tony kümmerte sich nicht weiter um ihn. Er holte vom Traktor einen Vorschlaghammer und ein paar Eisenkeile. Als er wiederkam, hatte Pit schon einen tiefen Keil herausgeschlagen.
»Prima«, sagte Tony. »Jetzt die Eisenkeile. Das mach' ich selber. Hol du mal den Benzinkanister.«
»Wofür?«
»Für die Motorsäge. Gestern hat sie ihren letzten Atemzug getan. Kein Treibstoff mehr drin!«
Pit rannte zum Traktor und suchte überall nach dem Kanister. Doch es war nichts zu finden. Siedend heiß fiel ihm ein, daß ja auf dem Heuboden im Forsthaus ein Kanister lag.
Er sah zu Tony hinüber, der die Eisenkeile in den Baumstamm trieb. Langsam ging er zu dem Vorarbeiter hinüber.
»Da ist kein Kanister!«
»Red' doch keinen Blödsinn. Ich hab' ihn gestern selber noch gefüllt und mit zwei Gummischnüren unter dem Sitz befestigt.«
Pit fixierte Tony mit den Augen. »Es ist kein Kanister zu finden«, sagte er langsam, jede Silbe betonend.
»Natürlich ist er da! Hast wohl Tomaten auf den Augen.«
»Im allgemeinen seh' ich ganz gut!« gab Pit bissig zurück. Einen Augenblick lang kreuzten sich ihre Blicke, dann stapfte Tony selber zu dem Traktor. Er blieb stehen und

starrte verblüfft auf die Stelle, an der er, wie er sagte, gestern den Kanister eigenhändig deponiert hatte.
»Aber das ist doch... Den hat jemand geklaut!«
»Heute morgen, als Sie uns abgeholt haben, war da auch schon keiner, daß weiß ich ganz genau«, sagte Pit.
»So, so das weißt du ganz genau!«
»Ja, weil ich nämlich vorne auf dem Anhänger gesessen habe, mit dem Blick direkt auf diese Stelle.«
»Wer macht denn so einen Blödsinn?« schimpfte Tony, »und klaut fünf Liter Benzin.«
»Samt Kanister«, ergänzte Pit.
»Na gut, aber so viel ist der auch nicht wert.«
Tony sah sich ratlos um: »Ich säg' den dicken Stamm nicht mit der Handsäge ab. Noch dazu mit einem Anfänger. Da klemmt das Sägeblatt ja schon nach zwei Zügen!«
»Ich kann ja nach dem Essen Benzin mitbringen«, schlug Pit vor, »der Förster wollte uns über Mittag mit reinnehmen.«
»Okay, das mach mal!«
Tony starrte noch immer auf die Stelle unter dem Sitz.
»Wenn ich den erwische, also der kann was erleben«, schimpfte er, »klaut mir mein Benzin. Möchte wissen warum!«
Pit hätte ihm am liebsten den Grund genannt, aber stattdessen fragte er nur: »Soll ich jetzt wieder zu den anderen gehen?«
»Von mir aus. Lohnt sich sowieso nicht mehr, was Neues anzufangen!«
Pit trottete davon. Entweder war dieser Tony ein sehr guter Schauspieler, oder er hatte tatsächlich nichts mit dem versuchten Brandanschlag in der vorausgegangenen Nacht zu tun. Als Pit die Schonung wieder erreichte,

fuhr gerade der Förster vor. Er sah sich die neu gepflanzten Setzlinge an, nickte anerkennend, sprach mit jedem ein paar Worte und rief dann: »Los, Kinder, wir fahren. Euer Freund Pepper wartet schon!«

Am Abend zogen sie in die Blockhütte um. Pepper war begeistert.

»So schön habe ich mir das nicht vorgestellt«, rief er.

Den Wagen stellte der Detektiv hinter der Hütte ab.

Pit und Jonny bekamen das Schlafzimmer direkt neben der Wohnküche. Pepper zog ins nächste, und Arnica quartierte sich in dem Raum ein, der ganz hinten lag.

Als es Nacht wurde, trugen sie Zweige und trockenes Holz zusammen und zündeten vor dem Haus ein Feuer an.

Paul Pepper hatte seine Gitarre mitgebracht und spielte nun darauf, während Pit und Jonny Würste über den Flammen brieten.

»Wo hast du dir dein Bett eingerichtet?« fragte Pepper Arnica unvermittelt, »unten oder oben?«

»Unten, warum?«

»Tja, dann wirst du wohl umziehen müssen.«

Arnica sah den Detektiv verständnislos an.

»Nun, unsere Mannschaft wird sich vermutlich noch komplettieren«, fuhr er fort.

»Sagen Sie bloß, die Alte kommt hier heraus in die Wildnis!« rief Pit.

»Nur, wenn ihr nichts dagegen habt«, antwortete Pepper listig.

»Wir? Wie kämen wir denn dazu?«

»Na gut, dann werd' ich das auch noch überleben«, seufzte Pepper schwer.

Später saßen sie an dem erlöschenden Feuer und debattierten ihre bisherigen Erkenntnisse. Am Ende sagte Pepper. »Na, viel ist dabei nicht herausgekommen. Wir haben einen Verdächtigen, den kein Mensch kennt und von dem wir nur wissen, welche Figur er hat und daß er eine Gürtelschnalle in Form einer Schlange trägt. Und dann einen, der etwas gegen den Förster hat, vielleicht Holz stiehlt und über eine ganz ähnliche Figur verfügt.«

»Und wenn das nun ein und derselbe ist?« warf Jonny ein.

»Das ist eine interessante Idee.«

»Man müßte wissen, was das für eine Waffe war, aus der auf Mailinger geschossen wurde«, sagte Pit nachdenklich.

»Die Theorie hat immerhin was für sich, daß der Einbrecher und Tony ein und dieselbe Person sind.«

»Na ja,« meinte der Detektiv, »so schwierig kann es ja nicht sein, herauszubekommen, aus was für einer Waffe auf Mailinger geschossen wurde.«

Pit stimmte ihm zu: »Wenn die Polizei die Spuren gesichert hat...«

Die Nacht verlief ohne Zwischenfälle. Das gute Wetter hielt an. Als Pepper schon kurz nach sechs Uhr auf die Wiese hinaustrat, stieg gerade die Sonne über die Tannenwipfel. Er wusch sich am Brunnen und setzte Kaffeewasser auf.

Verschlafen trotteten die jungen Leute nacheinander aus ihren Kammern.

»Wenn man jetzt nicht arbeiten müßte...« maulte Jonny.

»Ich würde eine ganze Menge dafür geben, wenn ich nochmals ins Bett zurückkriechen dürfte.«

»Arbeit macht das Leben süß«, sagte Pepper.

»Das ist der dümmste Spruch, den ich je gehört habe«, murrte Jonny und setzte sich an den Frühstückstisch.

»Hast du dich denn schon gewaschen?«
»Das ist erst morgen wieder dran«, sagte Jonny und langte mit beiden Händen zu.
Kurz nach sieben fuhr Tonys Traktor vor. Pepper stellte sich den Arbeitskollegen seiner jungen Freunde vor.
Tony musterte ihn mißtrauisch. »Ein Detektiv?«
»Das ist ein Beruf wie jeder andere«, belehrte ihn Pepper.
»Arbeiten Sie denn hier?«
»Mal sehen. Eigentlich will ich mich entspannen, falls der Verrückte das zuläßt, der hier unerlaubt in den Wäldern rumballert.«
»Was haben Sie denn mit dem zu tun?«
»Nichts, solange er friedlich ist. Ich bin nur herausgekommen, um die Kinder zu beschützen, falls sich die Lage zuspitzen sollte.«
Tony schüttelte den Kopf und brummte: »Das wird viel nützen!« Dann fuhr er los.
Pepper schaute dem Gespann nach, bis es zwischen den Tannen verschwunden war. Dann räumte er auf, spülte das Frühstücksgeschirr und machte sich schließlich auf den Weg ins Dorf. Der Morgen war noch frisch, die Vögel sangen um die Wette, und Pepper zog die würzige Waldluft bis in die letzten Winkel seiner Lungen ein.
Vom kleinen Postamt in Ellertsweiler aus rief er Frau Scheringer an, um ihr zu sagen, daß sie willkommen sei und schon ein Bett auf sie warte, konnte sich aber die Bemerkung nicht verkneifen: »Es ist der obere Teil eines Doppelstockbetts.«
»Macht nichts, Hauptsache die Leiter ist kräftig, die ich raufsteigen muß«, gab die Alte fröhlich zurück.
Pepper streifte durchs Dorf. Er hatte eigentlich fürs Abendessen einkaufen wollen, aber wenn Frau Scheringer kam,

erübrigte sich das. Die würde ihren Kombi bestimmt mit allerlei Köstlichkeiten aus ihrem Kiosk volladen. Und da gab es praktisch nichts, was sie nicht reichlich auf Vorrat hatte.
Pepper betrat eine Dorfwirtschaft, die den Namen »Jägerstüberl« trug. Hinter der Theke stand der Wirt, ein sportlicher Typ Mitte Fünfzig, und polierte die Gläser. Außer ihm war niemand im Gastraum.
Der Detektiv setzte sich an den Tisch, der dem Tresen am nächsten stand, und bestellte einen Kaffee. »Wann kann man denn etwas essen?« fragte er.
»Na ja, so ab halb zwölf«, antwortete der Wirt.
Pepper sah auf seine altmodische Taschenuhr.
»Dann wart' ich so lange.«
Der Wirt nickte und machte sich dann an der Kaffeemaschine zu schaffen. »Auf Urlaub?« fragte er über die Schulter.
»Sozusagen!« Die Kaffeemaschine zischte und bullerte.
»Wohnen Sie im Sonnenblick?«
»Nein, draußen in der Blockhütte des Forstamtes.«
»Aha!« Der Wirt brachte den Kaffee und balancierte die Tasse dabei auf den Fingerspitzen, als ob sie hochexplosiv wäre. Als er sie abgestellt hatte, atmete er hörbar auf.
»Unsichere Gegend zur Zeit«, sagte er.
»Da draußen, bei der Blockhütte?« Pepper spielte den Überraschten.
»Mhm!«
»Warum denn das?«
»Da wird ein bißchen viel herumgeballert!«
»Wer außer dem Förster darf denn da überhaupt schießen?« fragte Pepper.
»Niemand, das ist es ja. Höchstens noch der Jagdpächter – und der ist sozusagen weit vom Schuß. Der Wirt ging zu-

rück hinter seinen Tresen. Pepper nippte an dem Kaffee und lobte ihn: »Schmeckt ausgezeichnet.«
Der Wirt nickte, als ob er nichts anderes erwartet hätte. Pepper zog die Speisekarte zu sich her und studierte sie. »Schade«, bemerkte er nach einer Weile, »Sie haben gar kein Wild im Angebot.«
»Nein, aber daran soll's nicht liegen.«
»Bitte?«
»Ich kann Ihnen einen Rehbraten anbieten.«
»Tatsächlich?«
»Ja sicher. Für gute Gäste gibt's schon mal eine Ausnahme.«
»Na, dann mal zu!« sagte Pepper fröhlich, »solange es nicht vom Wilddieb ist!«
Der Wirt hob ruckartig den Kopf und starrte Pepper einen Augenblick durchdringend an. Schließlich schnaubte er ein paarmal und stieß dann hervor: »Wie kommen Sie denn auf diese Idee?«
»Na, Sie selber haben mich drauf gebracht.«
»Hab ich gesagt, daß der auf Rehe oder Hirsche schießt, dieser Kerl, der da rumballert?«
»Worauf soll er denn sonst...?«
»Fragen Sie halt den Förster«, zischte der Wirt und verschwand durch die Schwingtür in die Küche.
Pepper brauchte den Förster nicht zu fragen. Aber gewußt hätte er doch gerne, woher der Wirt das Wildfleisch hatte.
Deshalb suchte er auch gleich nach dem Essen Forstrat Mailinger auf.
»Ach, der Huber vom Jägerstüberl bietet Wild an!« rief der überrascht. »Also von mir hat er das nicht und vom Jagdpächter garantiert auch nicht.«

»Aber wenn er's illegal gekauft hat, hätte er's mir doch nicht angeboten«, wandte Pepper ein.
»Der Huber schon: Wenn der fünf Mark verdienen kann, verläßt ihn die Vernunft.«
»Nun, das muß der Wilddieb ja auch wissen. Dann darf er dem Wirt erst recht nichts verkaufen. Der verrät ihn doch bei der ersten Gelegenheit.«
»Einheimische würden dem Huber wohl auch kaum ein gewildertes Tier andrehen«, meinte der Förster nachdenklich, »aber wenn's ein Auswärtiger ist...?«
Pepper stapfte zu der Blockhütte zurück. Ihm war nicht wohl in seiner Haut. In der Stadt war alles anders, die Menschen hier schienen ihm fremd. Er kannte sich bei den Leuten nicht aus, alles war so unberechenbar. Obwohl er selbst oft genug in der Wildnis gelebt hatte, fiel ihm die Vorstellung schwer, ein Mann verstecke sich hier in den Wäldern, der gleichzeitig Rehe und Hirsche als Wilddieb erlegte, um sie heimlich zu verkaufen. So konnte eigentlich nur jemand handeln, der hier aufgewachsen war.
Pepper erreichte die Blockhütte, ohne zu einem Ergebnis gekommen zu sein. Er setzte sich auf die Bank, lehnte sich müde gegen die roh behauenen Baumstämme der Hüttenwand und streckte die Beine weit von sich. Bald schon fielen ihm die Augen zu. Und so döste er vor sich hin, bis er durch irgendein Geräusch wieder zu sich kam. Er blinzelte in die Sonne und nahm zunächst nur schemenhaft eine Gestalt wahr, die ein paar Meter von ihm entfernt auf der Wiese stand. Pepper rieb sich die Augen und richtete sich auf. Als er klarer sah, erkannte er einen Mann um die Dreißig, dessen hohlwangiges Gesicht von einem wilden schwarzen Bart eingerahmt wurde. Die Kleidung dagegen war tadellos: eine grüne, doppelreihige Lodenjacke, Kniebundhosen aus

Leder, grüne Wollstrümpfe mit einem Zopfmuster und sogenannte Haferlschuhe – derbe Lederhalbschuhe, die seitlich geschnürt wurden.
»Wohnen Sie hier?« fragte der Fremde.
»Vorübergehend.«
»Könnt' ich vielleicht eine Kleinigkeit zu essen bekommen?«
»Ja, sicher!«
»Und vielleicht auch etwas zu trinken?«
»Augenblick, ich bin gleich wieder da. Setzen Sie sich doch solange auf die Bank«, forderte ihn Pepper auf.
»Ich dank' auch schön!« Der Mann trat ans Haus und ließ sich auf der Bank nieder. Allerdings setzte er sich nicht bequem hin, sondern balancierte auf der Kante der Bank, als ob er jeden Augenblick wieder aufspringen wollte.
Pepper holte einen Laib Brot, einen Krug Wein und verschiedene Wurstsorten. Er stellte alles auf einen Hocker, den er direkt vor seinen wunderlichen Gast rückte. Der Mann war mittelgroß, er wirkte durchtrainiert, machte aber irgendwie einen müden und erschöpften Eindruck.
»Sie haben wohl einen langen Weg hinter sich«, bemerkte Pepper, und ließ ihn dabei nicht aus den Augen.
Der Mann schnitt sich eine große Scheibe Brot ab und schob sie in den Mund. Er nickte bestätigend.
»Wanderer?«
Wieder nickte der Fremde.
»Das nächste Dorf ist nur vier Kilometer entfernt,« sagte Pepper. Der Mann schluckte. »Ja, schon«, kam es gedehnt, »aber da will ich nun gerade nicht hin.«
»Darf man fragen, warum nicht?«
Der Mann sah Pepper an, ohne etwas zu sagen. Dann nahm er ein Stück Wurst, schnitt eine Scheibe ab und

wandte die ganze Zeit den Blick nicht von Pepper. Schließlich preßte er heraus: »Ich suche jemand!«
»Was denn, hier im Wald?«
»Ja.«
»Warum?«
»Wir sind hier verabredet!«
»Aber dann müssen Sie doch einen Treffpunkt vereinbart haben.«
»Ja!«
»Und warum gehen Sie da nicht hin?« Pepper ließ den Mann keine Sekunde aus den Augen.
»Ich war schon dreimal dort. Immer zur verabredeten Tageszeit.«
Hätte es nicht Erklärungen für das gegeben, was der Mann sagte, wäre er Pepper bestimmt nur als wunderlicher Spinner erschienen. Wenn nun der Bankräuber mit einem Komplizen vereinbart hatte, hier zusammenzutreffen? Aber warum redete der Mann dann so freimütig darüber? Andererseits erschien Pepper die Situation von früher her nur zu bekannt: Nach tagelangem Herumirren traf man schließlich auf einen Menschen und redete dann viel mehr, als man sich eigentlich vorgenommen hatte.
Diese Chance mußte man nutzen.
»Der Mann, den Sie suchen – ist das ein Freund von Ihnen?« fragte Pepper.
»Na ja, Freund ... so genau kann ich das nicht sagen.«
»Sie haben zusammen gearbeitet?«
»Kann ich noch etwas von der Wurst haben?«
»Bedienen Sie sich! Oder handelt es sich um einen Kollegen?«
Plötzlich wurde Peppers Gast schweigsam. Er schüttelte nur noch den Kopf, aß nun wesentlich hastiger, trank rasch

zwei Gläser Wein und ging auf die Fragen des Detektivs überhaupt nicht mehr ein.
Als das Geräusch eines Automotors zu hören war, stand er abrupt auf, stammelte: »Herzlichen Dank auch«, und rannte mehr, als er ging, schräg über die Lichtung davon. Er war bereits zwischen den Bäumen verschwunden, als Frau Scheringers klappriger Kombi auftauchte.
Pepper ging ihr ein paar Schritte entgegen und winkte sie hinter das Haus.
Marie Luise Scheringer wuchtete sich aus ihrem Wagen, atmete tief ein und seufzte: »Hier ist es ja wunderbar. Da bleibe ich mindestens vier Wochen!«
Am Abend gab es ein großes Wiedersehensfest. Tatsächlich hatte die Alte ihr Auto mit allerlei Köstlichkeiten vollgepackt, was vor allem Jonny freute.
»Ich wünschte mir, es würde gar nichts passieren!« sagte Marie Luise Scheringer schließlich.
»Das ist ja wohl die Lüge des Jahrhunderts«, rief Pepper mit gespielter Empörung. »Sie suchen doch nichts so sehr wie das Abenteuer!«
»Na ja, was soll man in meinem Alter auch sonst noch suchen. Aber trotzdem – so ein paar Tage faulenzen, die Glieder strecken, in der Sonne liegen, träumen, lesen ...«
»Ich glaube kaum, daß dieser Wunsch in Erfüllung gehen wird«, sagte Pepper. Und er wußte gar nicht, wie recht er damit hatte.

Jonny in der Falle

Pepper fuhr am anderen Morgen nach Ellertsweiler und betrat gegen neun Uhr den Polizeiposten. Das Büro wirkte gemütlich. Überall standen Grünpflanzen, die mit ihrem dichten Blattwerk den Raum förmlich überwucherten. Mitten in dem üppigen Grün stand ein alter Schreibtisch. Dahinter saß ein Mann, der wohl schon bald in Pension gehen würde. Er war gerade dabei, einen neuen Stempel auszuprobieren. Zwei DIN-A 4-Bögen hatte er schon vollgestempelt, jetzt nahm er gerade den dritten in Angriff. Pepper grüßte höflich: »Guten Morgen!« Der Mann schaute auf, zwirbelte seinen imponierenden Schnurrbart, der ihm ein Aussehen verlieh, als habe er schon im vorigen Jahrhundert als Polizist gedient, und bellte: »Ja, was wollen Sie?«
Dann aber wurden seine Augen ganz schmal, er streckte den Kopf vor wie ein Huhn, das gerade im Begriff war, ein Korn aufzupicken, und rief: »Wenn das nicht der olle Pepper ist, will ich Wilhelmine heißen!«
»Wilhelm Tröger«, schnaubte Pepper, »das darf doch nicht wahr sein.«
»Doch, doch, ist aber wahr!«
Der Polizist stand auf, hinkte um seinen Schreibtisch herum und streckte Pepper eine kräftige, mit Schwielen übersäte Hand hin.
»Was machst du denn hier?« fragte Pepper erstaunt.
»Warten, bis ich pensioniert werde. Und du?«
»Tja, das läßt sich nicht in einem Satz sagen.«
Wilhelm Tröger humpelte zu einer Kaffeemaschine, die auf dem Fensterbrett stand, und goß zwei Tassen voll.
»Der Pepper!« sagte er ein ums andere Mal und schüttel-

te den Kopf. »Der Pepper. Also wenn ich einen hier erwartet habe, dann bestimmt nicht dich!«

»Erklär' mir erst mal, wie es dich hierher verschlagen hat«, sagte Pepper.

»Abgeschoben. Man hat mich abgeschoben. Rübezahl hat mich schlicht als faul und schlampig bezeichnet und meine Versetzung betrieben.«

»Saukerl«, brummte Pepper.

»Ne, ne, laß mal, das geht schon in Ordnung«, rief Wilhelm Tröger fröhlich. »Der Fleißigste war ich nie, und Ordnung ist auch nicht gerade meine Stärke. Und als es mich dann mit dem Fuß erwischt hat...«

»Was ist damit?«

»Verletzung im Dienst. Ich bin die Treppe im Präsidium runtergefallen, nachdem wir abends mal ein bißchen länger ... na ja ... gebechert haben.«

Sie redeten eine Weile über die alten Zeiten, versicherten sich gegenseitig, was sie doch für feine Kerle waren, und schließlich sagte Pepper: »Ich wüßte gern ein bißchen was über den Fall Mailinger.«

»Was für einen Fall?«

»Mailinger. Euer Förster hier. Auf den ist doch geschossen worden.«

»Stimmt.«

»Und?«

»Was und?«

»Was hast du inzwischen ermittelt?«

»Was soll ich ermittelt haben? Es ist auf ihn geschossen worden.«

Pepper sah seinen alten Kollegen verzweifelt an. »Ich müßte wissen, was das für eine Tatwaffe war, von wo aus geschossen wurde, wie oft und so weiter und so weiter.«

Tröger kratzte sich im Nacken. »Tja, so richtige Ermittlungen meinst du?«
»Was denn sonst?« Pepper wurde langsam ungeduldig.
»Geschossen wurde mit einem Jagdgewehr, Kaliber 0,9.«
»Ein amerikanisches?«
»Ne, ein altes Mausergewehr. Baujahr vermutlich 1930 oder so. Das Ding gehört ins Museum.«
»Wo kriegt man heute noch so was?«
»Das kriegt man nicht, das verstaubt irgendwo im Gewehrschrank eines alten Jägers. Oder eines jungen Jägers, der es von einem alten Jäger geerbt hat. Sollten wir nicht ein Schnäpschen trinken, oder willst du den Kaffee weiter so trocken runterwürgen?«
»So früh am Tag trinke ich noch keinen Alkohol«, sagte Pepper.
»Schade!«
Pepper drang weiter in den Polizisten. »Was habt ihr sonst noch herausgefunden?«
»Na ja, da waren Spuren von Wanderschuhen mit einem ganz ungewöhnlichen Profil. Man könnte meinen, der Schütze habe nicht nur das Gewehr geerbt, sondern auch die Schuhe.«
»Interessant! Und weiter?«
»Das ist so ziemlich alles. Die Spuren führen nur bis zu einem Bach. Der Kerl hat seine Schuhe wahrscheinlich ausgezogen und ist den Bach hinaufgewatet. Da findet nicht mal ein Indianer was!«
»Und was schließt du daraus?« fragte Pepper.
»Na, das gleiche wie du«, grinste Tröger ihn an, »der Kerl ist sozusagen mit allen Wassern gewaschen. Der weiß, wie man sich unauffällig in der freien Natur bewegt.«
Pepper stand auf und ging ein paar Schritte hin und her, wo-

bei er immer wieder die Zweige der Grünpflanzen zur Seite drücken mußte.

»In der Stadt hat es neulich einen Banküberfall gegeben.«

»Ich weiß: Beute 85 000 Mark.«

»Es könnte ein Zusammenhang bestehen«, überlegte Pepper.

»Darauf bin ich natürlich auch schon gekommen, denn der Bankräuber hat ebenfalls mit einer Jagdflinte geschossen. Aber das ist dann auch schon alles, was es an Gemeinsamkeiten gibt.«

Pepper nickte. »Du hast recht. Wahrscheinlich sind wir mit unseren Kombinationen viel zu vorschnell gewesen.«

»Bist du deswegen hier?« fragte Tröger. »Hat dich die Bank beauftragt?«

»Nein, eigentlich soll ich nur auf ein paar Kinder aufpassen.«

»Meinst du die in der Hütte bei der Lichtung?«

»Mhm, dir entgeht wohl nicht viel hier, Wilhelm?«

»Sag das nicht. Immerhin ist mir der Schütze entgangen – bisher!«

Pepper verabschiedete sich von seinem alten Kollegen und verließ die Polizeiwache.

Etwa um die gleiche Zeit sagte Tony zu Jonny: »Ich hab' den Plan vergessen, nach dem wir weiterpflanzen müssen. Nimm doch schnell Lores Fahrrad und fahr zu Mailinger. Er soll dir den Plan aushändigen.«

Lore kam an manchen Tagen mit dem Rad. Sie fuhr nicht so gern auf dem Traktor mit, weil ihr von dem Gestank des Auspuffgases schlecht wurde.

Jonny freute sich über den Auftrag. Das war etwas anderes, als dauernd gebückt oder in der Hocke an Pflanzlöchern zu arbeiten. Er schwang sich auf den Drahtesel und fuhr fröhlich pfeifend los. Das schöne Sommerwetter hatte sich seit ihrer Ankunft nicht verändert. Die trockene Wärme war angenehm, und der Wald duftete nach hunderterlei Blüten. Jonny fuhr nicht sehr schnell. Der Weg bestand aus zwei Kiesstreifen, die in der Mitte durch ein breites Band aus Gras getrennt wurden. Durch die Zweige der Bäume links und rechts schickte die Sonne helle Lichtflecken, die sich ständig bewegten.

Das einzige, was Jonny störte, war das Klappern des uralten Fahrrades. Bei der Blockhütte hatte er sein leichtes Zehngangrad stehen. Er nahm sich vor, künftig auch mit dem Fahrrad zur Arbeitsstelle zu fahren.

Jonny ließ sich Zeit. Je länger er unterwegs war, desto kürzer fiel die restliche Arbeitszeit aus. Und er tat auch noch etwas Gutes für die anderen, denn ohne den Pflanzplan mußten sie spätestens in einer Stunde ihre Arbeit unterbrechen.

Links unter ihm plätscherte das Paradiesflüßchen. Jonny hielt an und lehnte das Fahrrad gegen einen Baum. Er stieg einen schmalen, gewundenen Trampelpfad zum Wasser hinunter, das hell und klar über glatte, runde Felsen herabsprang.

Eine Zeitlang schaute er den Forellen zu. Dann setzte er über den Bach, weil er einen Himbeerstrauch entdeckt hatte, der voller Beeren hing. Er pflückte eine Handvoll und warf sie sich mit elegantem Schwung in den Mund. Weiter oben am Bachrain standen noch mehr Büsche, die herrliche Beeren trugen.

Jonny, der nie widerstehen konnte, wenn es etwas Gutes zu essen gab, wanderte von Strauch zu Strauch. Er bahnte sich seinen Weg mitten durch die Bäume und das Unterholz. Vereinzelt fand er auch Walderdbeeren. Ich muß umkehren, durchzuckte es ihn plötzlich. Einen Augenblick schien es, als habe er die Orientierung verloren. Aber dann hörte er das Flüßchen rauschen. Er wählte den direkten Weg. Kein Problem. Er brauchte nur die Böschung hinunterzusteigen, den Bach zu überqueren und auf der anderen Seite hinaufzuklettern, dann kam er wieder auf das Waldsträßchen, an dem sein Fahrrad stand. Jonny bog zwei Büsche zur Seite und machte einen großen Schritt. Ein stechender Schmerz durchfuhr ihn. Er stürzte und hatte Mühe, sich mit den Händen aufzufangen. Das häßliche klirrende Geräusch hatte er gar nicht richtig wahrgenommen. Er schrie laut auf und wollte das Bein anziehen. Aber das ging nicht. Dicht über dem Knöchel war die schwere eiserne Falle zugeschnappt. Sie hatte ihre gezackten Ränder wie zwei Gebißreihen eines Raubtieres in sein Bein geschlagen.

Jonny geriet nicht sofort in Panik. So eine Falle – denn daß es sich nur darum handeln konnte, war ihm sogleich klar gewesen – mußte man ja wieder aufbekommen. Wenn nur dieser furchtbare Schmerz nicht gewesen wäre. Sein Bein blutete.

Jonny zog den Fuß langsam hoch und beugte sich, noch immer im Moos liegend, weit vor. Er konnte das Eisen erreichen. Aber er fand kein Mittel, die beiden Zangenbögen zu öffnen. Sie waren wie festgeschweißt.

Die Zeit verging. In der Schonung warteten die Waldarbeiter auf Jonny und den Pflanzplan. Tony ging unruhig hin und her und trat ärgerlich mit dem Fuß gegen ein paar frisch eingepflanzte Tannenschößlinge. Dann herrschte er Pit an: »Dein Freund übertreibt's ein bißchen!«

Pit sah auf die Uhr. »Das ist nicht Jonnys Art«, sagte er, obwohl er nur zu genau wußte, daß Jonny dazu neigte, seine Zeit zu vertrödeln.

Lore lachte leise und sagte zu Tony: »Der Junge hat einen Kuß verdient!«
Tony knurrte: »Das fällt auf uns alle zurück, wenn wir nicht vorankommen.«
»Wir sind dem Plan nicht bloß ein paar Stunden voraus«, raunzte Franz ihn an. »Was haben wir denn davon, wenn wir immer neue Rekorde aufstellen?«
Maria sagte: »Trotzdem – wenn ich schon Zeit übrig hab', hätte ich zu Hause was Vernünftigeres zu tun.« Sie mußte einen großen Haushalt versorgen.
Eine weitere halbe Stunde verstrich. Die Mittagspause war längst vorbei. Schließlich stieg Tony ärgerlich auf seinen Traktor und fuhr los.
»Warum ist er denn nicht gleich selber gefahren?« fragte Arnica.
»Weil er einen Fehler gemacht hat. Das mag er dem Mailinger gegenüber nicht zugeben.«
Tony holte aus dem Traktor heraus, was er hergab.
Mit hoher Geschwindigkeit fuhr er das Waldsträßchen entlang. Er war so wütend, daß er Jonny bestimmt verprügelt hätte, wäre er ihm jetzt untergekommen.
Auf der ganzen Fahrt aber entdeckte er weder eine Spur von dem Jungen noch von dem Fahrrad. Er langte schließlich beim Forstamt an, stellte den Traktor ab und eilte die Treppe hinauf. Mailinger kam ihm schon entgegen. Er hielt den Pflanzplan in der Hand und rief: »Ich hab' Sie schon erwartet.«
»Ist denn der Junge nicht gekommen?«
»Welcher Junge?«
»Jonny.«
»Den hab' ich nicht mehr gesehen, seitdem die Kinder bei mir ausgezogen sind.«

»Aber ich hab' ihn vor zweieinhalb Stunden losgeschickt, um den Plan zu holen.«

»Zu Fuß?«

»Nein, mit Lores Fahrrad.«

»Also hier ist er jedenfalls nicht angekommen«, sagte der Förster.

»Weiß der Himmel, wo der Kerl sich rumtreibt. Bei mir braucht er sich gar nicht mehr blicken zu lassen«, schimpfte Tony. »Der kann arbeiten, wo er will, bloß nicht in meiner Kolonne!«

»Nun mal langsam, Tony, ja. Den Johannes Bergemaier hab' ich eingestellt. Und der einzige, der ihn entlassen kann, bin auch ich!«

»Wollen Sie ihn vielleicht decken?« fragte Tony mit verkniffenem Gesicht. »Statt zu arbeiten, treibt der sich irgendwo rum!«

»Wenn es tatsächlich so ist, kann ich's natürlich nicht durchgehen lassen. Und nun fahren Sie zu Ihren Leuten zurück, daß wenigstens in der verbleibenden Zeit noch was geschafft wird.«

Tony salutierte lässig mit dem Zeigefinger an der Stirn und sprang die Stufen zu seinem Traktor hinunter.

Jonny hatte alles versucht, um sich zu befreien. Schweißgebadet lag er im Gestrüpp. Er hatte gehört, wie in einiger Entfernung der Traktor vorbeifuhr, und war sicher gewesen, daß er jeden Moment anhalten würde. Dann wollte er so laut schreien, wie er überhaupt nur konnte. Aber der Traktor war, ohne anzuhalten, vorbeigetuckert. Als das Geräusch des Motors immer leiser wurde, schrie Jonny mit aller Kraft um Hilfe. Bald mußte er einsehen, daß es sinnlos war. Müde ließ er sich auf das weiche Moospolster zurückfallen. Langsam kroch Angst in ihm hoch. Er richtete sich mühsam auf, doch die Schmerzen wurden dadurch noch heftiger. Auch im Stehen konnte er den Fuß nicht bewegen. Plötzlich durchzuckte Jonny die Erkenntnis, daß er ohne Hilfe hier nie mehr wieder wegkommen würde.

Pit und Arnica waren immer unruhiger geworden. Als sie Tonys Traktor hörten, rannten sie ihm entgegen. Die Enttäuschung war ihnen deutlich anzusehen, als sie den Vorarbeiter alleine zurückkommen sahen.

»Wo ist Jonny?« fragte Pit sofort, nachdem Tony den Motor abgestellt hatte.

»Was weiß ich. Vielleicht ist er zu seiner Mutti heimgefahren.«

»Mit meinem Fahrrad?« rief Lore empört.

»Das ist doch Blödsinn«, sagte Arnica. »Jonny hat ein viel schöneres Fahrrad dabei.«

Tony kümmerte sich nicht weiter um die anderen. Mit weit ausgreifenden Schritten ging er durch die Schonung und steckte mit Zweigen die neuen Pflanzreihen ab. »Also, hier kommen Buchen rein, hier Fichten, da Douglasien!« befahl er.

Die Waldarbeiter packten ihre Geräte und nahmen ihre Arbeit wieder auf. Pit und Arnica freilich waren nicht mehr richtig bei der Sache. Auch Lore schaute immer häufiger den Waldweg hinab. Doch Jonny tauchte nicht auf.

Einmal glaubte Jonny Schritte zu hören. Er stützte sich, so gut er konnte, auf die Ellbogen und rief: »Hallo, Hallo!! Ist da jemand?«

Die Schritte verhielten. Jonny rief erneut: »Ist da jemand?« Er war fest davon überzeugt, Atemgeräusche zu hören.

»Hallo!« rief er noch mal, aber es klang ziemlich zaghaft.

Ein leises Rascheln, dann das Knacken eines Zweiges und

schließlich Schritte, die sich rasch entfernten. Das war alles, was Jonny vernehmen konnte. Plötzlich fror er, obwohl der Schweiß in dicken Perlen auf seiner Stirn stand.
Pit beriet sich mit Arnica. Wenn Jonny die Gelegenheit genutzt hatte, um sich einen schönen Tag zu machen, war es vielleicht für sie alle aus mit dem Ferienjob.
»Ich trau' ihm ja 'ne Menge zu«, sagte das Mädchen, »aber so gemein ist er nicht!«
»Nicht gemein, aber gedankenlos.« Wütend trieb Pit seine Hacke in den Boden.
»Und wenn ihm was passiert ist?«
»Was soll schon passiert sein?«
»Ein Sturz mit dem Fahrrad vielleicht?«
»Das hätte der Tony doch gesehen.«
»Aber Jonny könnte einen Umweg gemacht haben.«
»Das sind doch alles nur Spekulationen«, knurrte Pit.
»Was willst du denn machen – außer spekulieren?« gab Arnica wütend zurück.
Pit hob beruhigend die Hände. »Reg dich nicht auf.«
»Bist du denn so cool, wie du vorgibst?« fuhr ihn Arnica an.
»Nein, das geb' ich zu.«
Arnica warf plötzlich die Hacke weg und ging zu Tony hinüber. »Wir müssen Jonny suchen!«
»Jetzt schlägt's dreizehn!« knurrte der Vorarbeiter.
»Ihr wollt euch wohl auch noch vor der Arbeit drücken!«
»Nein, aber es könnte ihm ja was passiert sein!«
Zu ihrer Überraschung sagte Tony: »Also gut, von mir aus, auf die Stunde kommt's jetzt auch nicht mehr an.«
»Wir können die Zeit ja morgen reinholen.«
»Ich sag doch, daß ihr gehen könnt!«
Arnica rannte zu Pit und berichtete ihm, was sie erreicht hatte.

»Na, hoffentlich findet ihr auch mein Fahrrad«, rief Lore. »Bestimmt«, beschwichtigte sie Pit. Er und Arnica rannten los.

Jonny rannen die Tränen über die Wangen. Nicht nur, daß er Schmerzen in seinem Bein hatte. Er war nun auch davon überzeugt, völlig verloren zu sein. Schreckliche Geschichten fielen ihm ein. Wie viele Menschen waren schon hilflos in der Wildnis umgekommen. Es gab furchtbare Berichte über Leute, die sich auf einer ganz normalen Bergtour nur ein klein wenig verirrt hatten und erst lange nach ihrem Tod wiedergefunden worden waren. Johannes Bergemaier, der ohnehin zu Übertreibungen neigte, erschien nun jedes andere schreckliche Schicksal gering im Vergleich zu seiner eigenen Situation. Selten hat sich ein Mensch wohl mehr bedauert als er an diesem Nachmittag.

Dann aber rief er sich wieder in Erinnerung, daß ja Pepper in der Gegend war. Der hatte genügend Erfahrungen mit Katastrophen. Pepper würde bestimmt eine Suche organisieren, wie sie die Welt, oder doch wenigstens diese Gegend, noch nie gesehen hatte. Hoffnung keimte in Jonny auf. Er sah sich schon als Helden. Hubschrauberpiloten entdeckten ihn nach Tagen schrecklicher Einsamkeit, ein todesmutiger Mann ließ sich an einem Seil zu ihm herunter und brachte ihn sicher nach oben – ein waghalsiges Manöver, dem Hunderte von Menschen gebannt zusahen und das natürlich im Fernsehen übertragen wurde.

Daher war es fast ein bißchen enttäuschend für ihn, als er plötzlich einen Pfiff und danach die Rufe von Arnica und Pit hörte: Sie konnten nicht allzuweit sein. Beinahe hätte sich Jonny nicht gemeldet; denn das brachte ihn ja um die Chance, der Held des Tages zu werden.

Aber natürlich machte er sich doch bemerkbar. Seine

Stimme klang ein bißchen kläglich, und ein Pfiff wollte ihm nicht so recht gelingen.
»Das kam von der anderen Seite des Flüßchens«, hörte er Arnica rufen.
»Bist du sicher?« Das war Pits Stimme.
»Ich bin hier!« schrie Jonny.
»Was macht er denn dort drüben?« wunderte sich Pit.
»Das werden wir ja gleich haben!« Arnica bahnte sich resolut einen Weg durch das Gestrüpp. Zwischendurch blieb sie immer wieder kurz stehen und rief nach Jonny, um sich zu orientieren. Endlich standen die beiden vor ihrem verletzten Freund.
»Ach du grüne Neune!« entfuhr es Pit.
»Das sieht aber schlimm aus«, rief Arnica entsetzt.
Pit ging neben dem Freund in die Hocke und betrachtete das Fangeisen genau. »Ein gemeines Ding ist das!«
»Wie komme ich da raus?« jammerte Jonny.
»Das kriegen wir schon hin!« Pit untersuchte den Mechanismus und fand den Sperrhebel, der den Zug hielt. Er mußte seine ganze Kraft aufwenden, um ihn zu lösen. Das Eisen klappte auf. Jonnys Fuß war frei. Pit suchte nach der Stelle, wo die Kette, an der das Eisen hing, festgemacht war.
»Das Ding nehmen wir auf jeden Fall mit!« stellte er fest, nachdem er eine Art Angelhaken unter einem Felsbrocken hervorgezogen hatte.
»Wo ist überhaupt das Fahrrad?« fragte Arnica.
»Vorne an dem Sträßchen.«
»Wir haben es aber nicht gesehen.«
»Ich hab's ganz bestimmt dort abgestellt.«
»Dann hat es einer mitgehen lassen!«
Pit und Arnica sahen sich an. »Tony?« fragte Arnica fast tonlos. »Der ist nämlich mit dem Traktor zum Förster

gefahren, nachdem du nicht gekommen bist«, erklärte Pit seinem Freund.
»Ja, den hab schon ich gehört. Aber der fuhr vorbei ohne anzuhalten.«
»Na, das ist doch schon mal was«, sagte Pit.
»Aber da war noch einer«, berichtete Jonny aufgeregt. »Ich hab' ganz in der Nähe Schritte gehört. Der Mann muß mich aus dem Gebüsch heraus beobachtet haben.«
»Iiiiihhh«, jaulte Arnica, »da wird's mir ja gleich ganz anders!«
»Ich hab' ihn sogar schnaufen hören«, fuhr Jonny fort.
»Und du bildest dir das nicht nur ein?« fragte Pit.
»Du brauchst mir ja nicht zu glauben«, fuhr Jonny ihn an.
»Na ja, ich meine ja nur, wenn man so allein und mit so einem Eisen am Fuß mitten im Wald liegt... Kannst du überhaupt gehen?«
Jonny versuchte, sich zu erheben, aber er knickte sofort wieder ein. »Verdammt«, stöhnte er auf, »das tut vielleicht weh!«
»Wir müssen Hilfe holen«, rief Arnica.
»Okay, warten wir, bis die anderen mit dem Traktor vorbeikommen.«
Pit ließ sich im Moos nieder und schlug die Beine übereinander.
»Wie kommst du überhaupt hierher?« fragte er Jonny.
»Nun, ich wollt 'ne Pause machen. Und dann hab ich hier die Beeren gesehen.«
»Man soll nie nach wilden Beeren suchen, wenn man den Untergrund nicht genau kennt. Das solltest du eigentlich wissen!« sagte Pit und spielte damit auf einen Unfall an, den Arnica einmal gehabt hatte. Damals war sie bei der Beerensuche in eine illegale Müllgrube eingebrochen und mitten

zwischen höchst gefährliche Giftmüllfässer geraten. Sie hatte deswegen längere Zeit im Krankenhaus gelegen*.
Jonny wollte gerade entgegnen, daß man das ja nicht miteinander vergleichen könne, da hörten sie von Ferne das Geräusch des Traktormotors. Pit spurtete los, überquerte den Bach und hastete auf der anderen Seite die Böschung hinauf. Er kam gerade noch rechtzeitig, um sich mit ausgebreiteten Armen mitten auf das Sträßchen zu stellen.
Tony hielt an, stellte den Motor aber nicht ab. Er mußte den Lärm überbrüllen. »Was ist denn los?«
»Jonny ist in ein Fangeisen geraten. Er liegt auf der anderen Seite des Flüßchens.«
»Da hab ich ihn nicht hingeschickt«, warf Tony patzig hin und machte Anstalten, weiterzufahren. Aber Franz, der neben ihm auf dem Kotflügel saß, zog die Handbremse an. »Wir werden ihn nicht liegenlassen«, sagte er.
»Ich hab' damit nichts zu tun«, gab Tony unwirsch zurück. »Hätte er sich an meine Anweisungen gehalten, wär' ihm auch nichts passiert!«
Franz war vom Traktor gesprungen. »Also, ich lass' den Jungen nicht hier liegen.«
»Ich auch nicht«, sagte Lore und sprang ebenfalls vom Traktor.
Axel blieb sitzen und rührte sich nicht. Er drückte damit deutlich aus, daß ihn die ganze Sache nichts anging. Maria meinte: »Ich würde ja gerne helfen, aber ich muß dringend nach Hause. Wenn der Tony nicht mit dem Traktor wartet...«
»Das wird der Tony ganz bestimmt nicht!« brummte der Vorarbeiter, löste die Handbremse und fuhr davon, ohne die anderen auch nur noch eines Blickes zu würdigen.

* Paul Pepper und das schleichende Gift

»Das ist vielleicht ein freundlicher Mensch!« murrte Pit.
»Na ja«, gab Lore zu bedenken, »ein bißchen muß man ihn auch verstehen. Er schickt den Jonny mit dem Rad auf dem schnellsten Weg zum Förster, und der treibt sich in den Himbeeren rum. Da wär' ich auch sauer. Und von meinem Fahrrad will ich gar nicht reden.«
»Trotzdem«, beharrte Pit bockig.
»Los, gehen wir«, entschied Franz. »Zeig' den Weg!«
Es erwies sich als ein Glück, daß Franz sich um Jonny kümmerte. Er verstand etwas von Verletzungen, und vor allem wußte er, wie man eine Trage baute, wenn man keine, oder doch nur geringe Hilfsmittel hatte.
Zunächst untersuchte er Jonnys Bein, wiegte den Kopf hin und her, befühlte erst das Schienbein, dann die Wade und sagte schließlich: »Gebrochen ist nichts, aber es kann eine Sehne erwischt haben.«
Dann baute er aus Stangen, Ästen und Grasbüscheln eine Trage, auf der er und Pit den Verletzten über den Fluß transportierten.
»Ich könnte zur Hütte rennen und Pepper bitten, mit dem Auto zu kommen.«
»Ach was, das sind bloß fünfhundert Meter, wenn man die Abkürzung nimmt«, meinte Franz. »Aber geh' nochmal zurück und hol' die Falle. Ich nehme an, dein Freund, der Detektiv, wird sie untersuchen wollen.«
Franz' umsichtige Art gefiel Pit immer besser. Er kletterte die Böschung hinunter, setzte über den Fluß und krabbelte auf der anderen Seite durch das Buschwerk wieder hinauf. An einer Himbeerstaude blieb er mit dem Ärmel hängen. Er löste vorsichtig die Dornen und teilte die dichten Zweige von zwei Büschen, die ihm noch den Weg zu der Stelle versperrten, an der sie Jonny gefunden hatten.

Da lag die Eisenfalle. Aber im gleichen Augenblick bewegte sie sich wie von Geisterhand gezogen und glitt blitzschnell ins Gebüsch. Pit erschrak so heftig, daß er mit offenem Mund und angehaltenem Atem stehenblieb.

Dann hörte er Schritte. Er löste sich aus seiner Erstarrung und rannte los. Aber der andere hatte schon einen ziemlichen Vorsprung. Er war einen steilen Anstieg hinaufgeeilt und zog noch immer die Falle an einer Kette hinter sich her. Pit sah ihn gerade noch zwischen dem Strauchwerk verschwinden. Ihm fielen lediglich die Schuhe auf, die einen recht altmodischen Eindruck machten.

Er beschloß umzukehren. Langsam stieg er wieder zu dem Flüßchen hinunter. Am Wasser angekommen, hörte er, wie eben ein Motorrad anfuhr. Als er die kleine Straße wieder erreichte, sagte er zu Franz: »Leider bin ich zu spät gekommen. Die Falle hat sich schon ein anderer geholt.«

»Der Fallensteller selber, nehme ich an«, stellte Franz in seinem sachlichen Ton fest.

»Ja, vermutlich!«

»Dann war er wohl die ganze Zeit in der Nähe!«

Pit nickte. »Ja, wahrscheinlich hat er uns von seinem Versteck aus beobachtet.«

»Keine besonders angenehme Vorstellung«, meinte Lore. Und diesmal war sogar ihr das Lachen vergangen.

Als sie bei der Blockhütte ankamen, waren Franz und Pit vom Schleppen der Trage ziemlich am Ende.

»Mein Gott, Jungchen, was ist passiert?« Frau Scheringer schlug entsetzt die Hände zusammen, als sie Jonny sah. »Du bist bestimmt in die Motorsäge geraten. Ich hab' ja gleich gewußt, daß diese Waldarbeit nichts für euch Kinder ist.«

Pepper beugte sich über das Bein und murmelte fragend: »Eine Eisenfalle?«

»Genau«, sagte Franz und sah den Detektiv überrascht an.
»Sie brauchen sich nicht zu wundern«, sagte Pepper, »ich hab' früher mal Forschungsreisen mitgemacht. Wir haben unseren Sonntagsbraten manchmal mit solchen Fallen gefangen. Ich hab' damals auch immer wieder Leute verarzten müssen, die so blöd waren, reinzutreten.«
»Ich hab' die Falle nicht gesehen«, protestierte Jonny schwach.
»Die Blödmänner auf unserer Expedition haben die Fallen auch nicht gesehen, das war es ja gerade. Wer durch die Wildnis geht, muß eben wissen, wo er hintritt. Am Amazonas zum Beispiel kann das auch mal eine giftige Schlange sein.«
»Iiiiiihhhh!« jaulte Arnica schon wieder.
»Ich mach' mal was zu essen«, sagte die Alte, »solange kann sich Pepper um das Bein kümmern. Ich hoffe doch, daß Sie nicht gleich wieder los müssen«, wandte sie sich an Franz und Lore.
»Auf mich wartet niemand!« meinte Franz.
»Und wer auf mich wartet, soll sich eben noch ein bißchen länger gedulden.« Lore lachte endlich wieder.
Pepper meinte, daß Jonny nicht viel mehr als eine Prellung und eine Quetschung habe. Er holte aus der Autoapotheke eine Salbe, schmierte das Bein dick ein und wickelte dann einen festen Verband mit einer elastischen Binde darum. Dann nahm er eine Axt, schlug einen zwei Finger dicken Ast ab und schnitzte ihn als Stock zurecht.
»So, versuch mal, vorsichtig aufzutreten!« sagte er dann.
Lore wollte den Jungen stützen, aber Pepper wehrte ab: »Lassen Sie mal. Er soll's alleine probieren.«
Vorsichtig auf den Stock gestützt, versuchte Jonny zu stehen. Es ging leidlich, tat aber offensichtlich sehr weh.

»Prima, in ein paar Tagen kannst du wenigstens wieder über die Wiese humpeln, falls du es nicht vorziehst, nach Hause zu fahren.«
»Nein, ganz bestimmt nicht«, rief Jonny. »Meine Mutter ist auf einer Schönheitsfarm, und mein Vater ist hinter irgendeiner Geschichte her. Ich könnte höchstens bei meiner Tante Doris unterkommen, und die kann mich nicht ausstehen.«
»Aber du kannst sie ausstehen, was?« rief Lore dazwischen.
»Noch viel weniger!«
Alle mußten lachen, nur Jonny nicht. Er verstand überhaupt nicht, was es da zu lachen gab.
Frau Scheringer hatte in Rekordzeit ein Essen gezaubert. Es wurde noch ein richtig gemütlicher Abend. Pit und Franz hatten ein Lagerfeuer angezündet. Pepper sang zur Gitarre und erzählte von seinen abenteuerlichen Reisen. Lore wollte genausowenig nach Hause wie Franz. Und über die mysteriösen Ereignisse im Wald wurde nicht gesprochen, bis Arnica plötzlich sagte: »Wenn man sich vorstellt, daß der Fallensteller jetzt vielleicht im Schutz der Dunkelheit dort drüben unter den Tannen sitzt und uns beobachtet oder belauscht, ohne daß wir eine Ahnung davon haben...« Sie schauderte zusammen.
Und wie auf Kommando schauten alle in die Richtung, wo sie den Fallensteller vermuteten.
»Ein seltsamer Mensch muß das sein«, sagte Lore.
»Was ist eigentlich der Huber vom Jägerstüberl für einer?« fragte Pepper unvermittelt.
»Da fragen Sie am besten den Tony!« sagte Franz.
»Warum?«
»Na, der heißt auch Huber.« Franz lachte leise glucksend in sich hinein.

»Sind die verwandt?«
»Der Huber ist Tonys Onkel. Und weil der Tony keine Eltern hat – die sind schon 1958 vom Blitz erschlagen worden…, ja, wirklich, auf dem Feld. Sie haben unter einem Baum Schutz gesucht, als ein schweres Unwetter aufzog. Bei der Ernte ist das gewesen. Der Blitz fuhr in den Baum, und von der Last des umstürzenden Baumes wurden die beiden erschlagen. Über Nacht war der kleine Tony zum Waisenkind geworden. Er ist dann beim Wirt aufgewachsen.«
»Ich frag' bloß, weil der Wirt gestern Rehbraten angeboten hat.«
»Das kann was mit dem Tony zu tun haben, muß aber nicht«, sagte Franz. »Im übrigen müßt' ich jetzt langsam heimgehen.«
»Für mich wird's auch Zeit«, schloß sich ihm Lore an. »Ich muß ja morgen tüchtig ran, wenn eine Arbeitskraft ausfällt.«
»Vielleicht komme ich statt Jonny mit«, meinte Pepper. »Und jetzt fahr' ich euch nach Hause. Die jungen Leute sind ja gut behütet, solange die Alte da ist.«
Sie verabschiedeten sich. Pepper sagte noch: »Wartet nicht auf mich, bei mir kann's ein bißchen später werden.«
»Aha«, sagte die Alte, »das Bier im Jägerstüberl ist wohl besser als unser Flaschenbier.«
»Klar, dort wird's frisch gezapft«, lachte Pepper.
Aber er ging dann doch nicht in die Wirtschaft, sondern fuhr zurück bis zum Waldrand. Dort stellte er sein Auto ab, nahm eine Taschenlampe und seine Pistole aus dem Handschuhfach und machte sich zu Fuß auf den Weg.
Es war zwar ein milder Sommerabend, aber der Himmel hatte sich mit dichten Wolken überzogen, so daß Mond und Sterne nicht zu sehen waren.

Paul Pepper hatte viel Erfahrung bei nächtlichen Touren durch unbekanntes Gelände. Heute aber bewegte er sich ganz besonders vorsichtig. Er wollte verhindern, daß es ihm erging wie Jonny. Außerdem mußte er davon ausgehen, daß irgendwo in diesen Wäldern ein gefährlicher Mann saß, der sich gegenüber jedem Neugierigen rücksichtslos verteidigte.

Den Tag hatte Pepper unter anderem dazu genutzt, sich die Karte der Umgebung einzuprägen. Vor allem das Gebiet um den alten Steinbruch interessierte ihn. Ein solches Gelände wurde von den Einheimischen gemieden. Es gab dort nichts zu holen. Und es war auch gefährlich, weil sich die Bruchsteine noch nicht wieder gefestigt hatten. Erst langsam bildete sich eine Erdschicht, Pflanzen schoben tastend ihre Wurzeln vor und bildeten ein Geflecht, das später einmal Erde und Steine zusammenhalten würde.

Pepper wählte einen kleinen, auf der Karte eingezeichneten Weg, der zunächst am Paradiesflüßchen entlangführte. Bei jedem Geräusch blieb er sofort stehen und horchte in den Wald hinein. Ein Nachtvogel huschte über ihm durch die Zweige und stieß, kaum daß er ein paar Meter entfernt war, seinen Schrei aus.

Pepper erreichte den Eschengrund und mußte nun das Flußtälchen verlassen. Der Boden stieg leicht an, und der Wald wurde lichter. Hier standen Kiefern und Föhren. Der Untergrund war wie ein weicher Teppich. Seit Jahrzehnten hatten sich hier die Nadeln der Bäume aufgeschichtet und zu einer federnden Unterlage verdichtet. Pepper befand sich nun im Pletzenwald, der mit einer Seite an den alten Steinbruch grenzte. Auf der anderen schloß sich die Pferdeklinge an. Pepper wußte, woher diese Schlucht ihren Namen hatte: Vor langer Zeit sollte einmal ein ungebärdiger, wilder, junger Fürst sein Pferdegespann in diese schroffe, unbezwingbare Klinge getrieben haben – mit lauten Schreien und bösen Peitschenhieben. Der Wagen stürzte um. Wie durch ein Wunder rissen die Gespannriemen, und die Pferde kamen frei. Sie schafften den Weg über Geröll und Gestein und wurden oben von den Bewohnern des Dorfes Ellertsweiler eingefangen. Der Fürst war mit Verletzungen davongekommen und wollte die Tiere schlachten lassen. Er schob ihnen die Schuld für den schlechten Ausgang seines verrückten Abenteuers zu. Aber die Ellertsweiler Bürger malten die Schimmel mit schwarzer Schuhcreme an und gaben sie als Rappen aus. Die fürstlichen Schimmel, so behaupteten sie, hätten sich in der Schlucht zu Tode gestürzt. Damit war der Fürst zufrieden. Und die Pferde zogen noch viele Jahre den Pflug und den Heuwagen eines Bauern.

Pepper mußte unwillkürlich lächeln, als er an die Geschichte dachte. Er hatte nun den Pletzenwald durchquert und den Rand des alten Steinbruchs erreicht.

Die Tiefe des Steinbruchs konnte er nur erahnen. Zwar wurde es zu seinen Füßen etwas dunkler, aber die Nacht war zu finster, um Genaueres zu erkennen.

Plötzlich flammte ein Scheinwerfer auf. Automatisch warf sich der Detektiv zur Seite. Einen Augenblick lang hatte er geglaubt, jemand habe einen Suchscheinwerfer auf ihn gerichtet. Aber dann hörte er, wie sich ein Motorrad näherte. Das Licht bewegte sich hin und her, auf und nieder. Der Weg, auf dem sich das Gefährt bewegte, schien sehr uneben zu sein. Der Keil des Lichtes beleuchtete einen Ausschnitt der Dunkelheit. Pepper erkannte Felsgestein, aber auch einen ausgefahrenen Weg, der offensichtlich in zwei langgezogenen Kurven aus der tiefsten Kuhle des Steinbruchs bis auf seine Höhe heraufführte.

Diesen Weg mußte man also erforschen, um bis auf den Grund hinabzufinden. Jetzt bog der Lichtschein ab und verschwand hinter einer Reihe von Baumstämmen, die im Licht des Scheinwerfers wie ein übergroßer Holzzaun wirkten.

Kurz darauf war das Motorrad verschwunden. Wenig später war auch das Geräusch des Motors nicht mehr zu hören. Pepper überlegte, ob er in den Steinbruch hinuntersteigen sollte. Aber ohne Licht war das zu gefährlich, und seine Taschenlampe hätte ihn sofort verraten. Vielleicht saß dort unten ja ein Komplize des Motorradfahrers.

»Morgen ist auch noch ein Tag«, murmelte Pepper leise vor sich hin und erhob sich ächzend vom weichen Waldboden. Vorsichtig pirschte er sich durch den Pletzenwald und den Eschengrund zurück.

Als er seinen Wagen erreichte, war er rechtschaffen müde. Er ließ sich hinter das Steuer fallen und startete. Langsam fuhr er das Waldsträßchen entlang. Kurz vor der Lichtung raste plötzlich ein Lichtkegel auf ihn zu – schnell und viel zu hell. Pepper hob die Hand vor die Augen und bremste scharf ab.

Es war ein Motorrad, das mit Höchstgeschwindigkeit an ihm vorbeiraste.

»Soll keiner sagen, in dem Wald sei nichts los«, knurrte Pepper.

Die Kinder schliefen bereits, als er die Hütte erreichte. Die Alte saß mit ihrem Strickzeug beim Herdfeuer und war ebenfalls eingenickt.

Pepper hüstelte an der Tür.

Ruckartig fuhr Frau Scheringer in die Höhe und sagte scharf: »Wer ist da?«

»Gut Freund!« antwortete Pepper.

»Ach, Sie sind's.« Frau Scheringer seufzte erleichtert. »Wo haben Sie sich denn noch herumgetrieben?«
»Wache gehalten, natürlich, was denn sonst!«
»Natürlich«, sagte die Alte, »was denn sonst!«

Pepper in Lebensgefahr

Pepper stand am nächsten Morgen als erster auf. Er liebte es, barfuß durch das taufrische Gras zu gehen, ein paar auflockernde Freiübungen zu machen und sich anschließend am Brunnen zu waschen. Dazu zog er sich ganz aus, nahm einen Eimer und übergoß sich mindestens ein halbes dutzendmal mit dem eiskalten Wasser aus dem Brunnentrog. Dann rubbelte er sich mit einem Handtuch trocken, bis die Haut krebsrot war, und zog sich an. Anschließend weckte er die anderen. Inzwischen war das Kaffeewasser auf dem offenen Feuer heiß geworden, und er konnte das Morgengetränk aufbrühen.
»Wollen Sie tatsächlich mit zur Arbeit kommen?« fragte Pit, als er verschlafen aus dem Haus trat.
»Warum nicht? Mal sehen, was meine alten Knochen noch leisten.«
»Aber Sie haben einen Hintergedanken dabei, PP!«
»Schon möglich. Man muß die Leute kennen, wenn man ihnen was beweisen will.«
»Glauben Sie wirklich, daß der Tony etwas mit der Sache zu tun hat?«

Pepper hob die Schultern: »Glauben heißt: nichts wissen!«
Nun kam auch Arnica aus dem Haus. Sie gehörte zu jenen Menschen, die morgens auf einen Schlag wach werden.
»Frühstücken wir vor dem Haus?« fragte sie.
»Warm genug wär's!« sagte Pepper. »Ich will nur erst nach Jonny schauen.«
Der war bereits wach und genoß es ungeheuer, nicht aufstehen zu müssen.
»Was macht das Bein?« fragte Pepper.
»Das braucht sicher noch viel Ruhe«, antwortete Jonny und versuchte, eine Leidensmiene aufzusetzen.
»Ja, natürlich. Bleib' du nur im Bett.«
»Später kann er sich ja ein wenig in die Sonne setzen«, meinte Frau Scheringer, die jetzt mit einer Tasse Milchkaffee und einem Marmeladenbrot in der Tür erschien.
»Soll ich deinen Vater anrufen?« fragte Pepper.
»Bloß nicht. Der ist imstande und holt mich sofort ab!«
»Na ja, wenn's nicht schlimmer wird...« Pepper verließ die Kammer und trat wieder ins Freie. Der Himmel war noch immer verhangen. Der Detektiv schnupperte in die Luft. »Es wird Regen geben.«
Der Traktor kam eine halbe Stunde später den Waldweg entlanggetuckert. Franz und Lore begrüßten die Bewohner des Blockhauses fröhlich und mit einer Vertrautheit, die Tony mißtrauisch aufschauen ließ.
»Macht es Ihnen was aus, wenn ich statt Jonny mitkomme?« fragte Pepper.
Tony sah ihn überrascht an. »Das heißt aber, acht Stunden ranklotzen!« Pepper nickte. »Es ist ja nur ein Versuch. Kann durchaus sein, daß ich das auf meine alten Tage nicht mehr schaffe. Aber ich möchte nicht, daß Ihnen durch Jonnys Unvernunft ein Schaden entsteht.«

»Ein Schaden ist vor allem Lore entstanden«, brummte Tony.
»Den werden wir natürlich ersetzen. Jonnys Vater gehört nicht zu den Ärmsten. Ich bin ganz sicher, daß er Lore ein neues Fahrrad kaufen wird.«
»Steigen Sie auf«, brummte Tony. Er hatte an diesem Tag wieder den flachen Anhänger angekoppelt. Pepper setzte sich auf die Pritsche neben Lore.
Während der Fahrt fiel dem Detektiv auf, daß unter dem Sitz des Traktorfahrers ein ganz neuer Benzinkanister aus rotem Plastik festgemacht war. »Ich muß mich um den anderen Kanister kümmern«, nahm er sich fest vor.
In der Schonung ließ er sich die Arbeit erklären. Jeder hatte ein Feld, das er aufhacken, vom Unkraut befreien und mit Schößlingen bepflanzen mußte. »Heute braucht man die Pflänzchen wahrscheinlich nicht anzugießen, weil es sowieso zum Regnen kommt«, sagte Tony.
Pepper machte sich an die Arbeit. Er hatte ja zu Hause selbst einen großen Garten und arbeitete dort nicht selten den ganzen Tag. Deshalb fiel ihm das Hacken, Graben, Unkrautjäten und Pflanzen gar nicht schwer. Und er registrierte wohl, mit welch anerkennenden Blicken die anderen in der Arbeitskolonne ihn beobachteten.
Tony trat neben ihn und sagte: »Haben Sie so etwas schon mal gemacht?«
»Das ist lange her. In Brasilien war ich mal bei einem Projekt dabei. Damals hat man versucht, die nomadisierenden Indianer dazu zu bringen, als Siedler zu leben und statt der Jagd Ackerbau und Viehzucht zu betreiben. Der Versuch ist übrigens gründlich mißlungen. Man kann sich die Menschen nicht so zurechtbiegen, wie man sie selber gerne haben möchte.«

»Da haben Sie recht!« sagte Tony mit solchem Nachdruck, daß Pepper überrascht aufschaute.
»Hat man das mit Ihnen auch einmal versucht?« fragte er.
»Und ob!« Tony wendete sich ab.
Pepper hielt ihn aber noch mal auf: »Sagen Sie, wie weit ist es von hier bis zum alten Steinbruch?«
»Warum?«
»Ich wollte da in der Mittagspause einmal hin.«
»Was interessiert Sie denn am alten Steinbruch?«
»Nichts Besonderes«, wich Pepper aus. »Mailinger hat mir davon erzählt, daß er wieder aufgeforstet wird.«
»Ach so, Mailinger ist ja Ihr Freund!« Tony bekam ein verschlossenes Gesicht und wandte sich nun endgültig ab. Er sprang auf seinen Traktor und fuhr davon.
Erst um die Mittagszeit kam er wieder. Auf seinem Anhänger befanden sich ein paar Scheite Holz. Inzwischen hatte ein leichter Nieselregen eingesetzt. Die Waldarbeiter suchten sich einen Platz unter einer großen Eiche, die frei vor dem Waldrand stand. Durch ihr dichtes Blattwerk konnte der Regen nicht dringen.
Pepper hatte sich kein Vesper mitgebracht. Es machte ihm nichts aus, ganze Tage ohne Essen auszukommen. »Ich bin um ein Uhr wieder da«, sagte er, zog seinen Parka enger um die Schultern und marschierte los.
»Komischer Mensch«, bemerkte Tony.
»Ich finde ihn nett«, sagte Maria, »und er kann so interessante Geschichten erzählen.«
»Na ja«, meinte Franz, »er ist schließlich rumgekommen in der Welt. Das ist was anderes, als wenn man sein ganzes Leben lang in Ellertsweiler hockt.«
»Mir reicht, was hier passiert«, sagte Tony mit finsterer Miene.

Pepper stapfte mit gleichmäßigen Schritten einen schmalen Trampelpfad entlang. Wahrscheinlich war das einmal ein Wildwechsel gewesen. Der Regen wurde jetzt stärker, und zwischen den Baumstämmen hingen Nebelfetzen. Es war eine Stimmung wie im späten Herbst, obwohl die Luft schwül war und man mit jeder Bewegung ins Schwitzen kam.

Auf dem Weg versuchte Pepper seine Gedanken zu ordnen: Auf Mailinger war zweimal geschossen worden. Daß sich der Förster dabei nur einen leichten Streifschuß geholt hatte, war Zufall gewesen. Niemand war in der Lage, so exakt zu schießen, schon gar nicht mit einer alten Jagdflinte, daß er bewußt den anderen nur leicht verletzte. Also hatte es der Schütze darauf abgesehen, den Förster zu töten. Es war ein glatter Mordversuch gewesen.

Bei jeder kriminalistischen Ermittlung mußte man zuallererst das Motiv suchen. Wenn Mailinger nichts verschwieg, lag aber gerade das tief im Dunkeln. Selbst der abgebrühteste Ganove schoß einen Menschen nicht gleich tot, nur weil der ihn in einem Versteck aufstöberte.

Und was war mit dem Brandanschlag? Hatte ihn derselbe Mann durchgeführt, oder gab es da nur ein zufälliges Zusammentreffen? Auffallend war, daß immer wieder das Motorrad auftauchte, seit Pit, Jonny und Arnica hier waren. Pit hatte es beim Forsthaus gehört, und er selbst hatte es in der vergangenen Nacht gleich zweimal gesehen.

Pepper schüttelte unwillig den Kopf. Da wollte aber auch gar nichts zusammenpassen.

Er dachte jetzt an den Fallensteller. War das der gleiche Mann, der auf Mailinger geschossen hatte? Konnte es Tony gewesen sein? Jonny hatte jemanden gehört, der ganz in der Nähe gewesen war, und Pit hatte den Mann, der die Falle davonschleppte, sogar kurz gesehen. Das aber konnte nicht Tony gewesen sein, denn der saß zu diesem Zeitpunkt auf seinem Traktor.

Blieb noch die Frage, ob sich der Bankräuber tatsächlich hier im Wald versteckte. Pepper schüttelte erneut den Kopf. Sie hatten keinerlei Hinweise darauf, daß es so war. Die Tatsache, daß bei dem Bankraub und dem Anschlag auf Forstrat Mailinger ein altes, heute nicht mehr gebräuchliches Jagdgewehr verwendet wurde, bewies ja noch gar nichts.

Trotzdem wurde der Detektiv das Gefühl nicht los, daß da ein Zusammenhang bestand. Der Mann, der zweimal auf Mailinger geschossen hatte, mußte eine Menge zu verlieren haben, sonst hätte er nicht einen Mord in Kauf genommen.

Andererseits: Wenn es der Bankräuber war, der sich hier herumtrieb, warum hatte der sich nicht längst aus dem Staub gemacht? Es gab bessere Verstecke. Man blieb doch nicht in einer Gegend, wenn man derart auf sich aufmerksam gemacht hatte. Ohnehin war es viel leichter, sich in einer Großstadt zu verstecken als in einem Waldgelände, das der Förster kannte wie seine eigene Hosentasche.

Wenn aber der Täter trotzdem hierblieb, mußte er gute Gründe dafür haben. Nur, so sehr sich Pepper das Gehirn zermarterte – ihm wollten keine einfallen!

Als er mit seinen Gedanken soweit gekommen war, erreichte er auch schon den alten Steinbruch. Er zog sein Fernglas unter dem Parka hervor und setzte es an die Augen. Niedriges, undurchdringliches Buschwerk zog vorbei, junges Grün, Sträucher und junge Bäume, die ums Überleben kämpften. Hier mußten sich die Pflanzen durchsetzen. Da griff keine ordnende menschliche Hand ein. In ein paar Jahren war das eine Art Urwald.

Plötzlich erschien etwas im Blickfeld des Fernglases, das

nicht ins Bild paßte. Nur ein Stückchen, handflächengroß. Pepper versuchte, das Glas noch schärfer zu stellen. Was war das nur? Metall und Gummi – richtig, die Fußraste eines Motorrads. Zwar hatte der Besitzer der Maschine ein geschicktes Versteck gesucht, aber er hatte es nicht sorgfältig genug getarnt.
Plötzlich hörte Pepper ein Geräusch hinter sich. Er ließ das Fernglas fallen und fuhr herum. Zu spät! Im gleichen Augenblick spürte er einen kräftigen Stoß im Rücken. Er kämpfte ein paar Sekundenbruchteile um sein Gleichgewicht, griff nach einem Ast, wollte sich festklammern, aber der Ast hielt seinem Körpergewicht nicht stand und brach ab. Ein zweiter Stoß. Pepper stürzte. Im Fallen warf er sich herum. Unter ihm gähnte der Abgrund. Es ging gut zwanzig Meter senkrecht in die Tiefe.
Pepper bekam eine Wurzel zu fassen und klammerte sich fest. Die Wurzel hielt. Er wollte nach oben schauen. Aber er registrierte nur kurz einen Schuh, mit dem Sand und Walderde direkt in seine Augen heruntergescharrt wurden. Die spitzen Sandkörner stachen in Peppers Augäpfel. Es schmerzte höllisch. Der Detektiv konnte nichts mehr sehen, dafür spürte er, was der andere vorhatte. Ein schwerer Schuh trat auf Peppers Fingerknöchel und verstärkte den Druck von Sekunde zu Sekunde. Der Detektiv stöhnte laut auf vor Schmerzen. Das Wasser schoß ihm in die Augen. Er blinzelte heftig, um den Schmutz herauszubefördern. Schemenhaft erkannte er nun die kaum bewachsene Sandsteinwand vor sich. Mit den Füßen, die immer noch frei über dem Abgrund baumelten, suchte er Halt. Er fand einen ganz kleinen Felsvorsprung. Pepper setzte die Spitze seines Schuhs auf und versuchte, sein Gewicht darauf zu verlagern. Gleichzeitig zerrte er eine Hand unter dem Schuh

heraus und griff blitzschnell nach dem Fußgelenk seines Gegners. Dieser trat jedoch geistesgegenwärtig zurück. Pepper glaubte, ein glucksendes Lachen zu hören. Und dann hörte er eine Stimme. Sie war noch ziemlich weit entfernt, aber selbst in der Panik, in der er sich befand, war sie gut zu verstehen: »Pepper, he, Pepper, sind Sie hier irgendwo?«

Schritte hasteten davon. Pepper umklammerte die Wurzel jetzt wieder mit beiden Händen und schrie aus Leibeskräften: »Hierher. Ich bin am Steinbruch.«

»Wo? Rufen Sie noch mal!«

»Hilfe! Machen Sie schnell!« schrie Pepper.

»Noch mal!«

»Hier! Hierher, Hilfe!«

»Ich komme!« Die Stimme war jetzt schon nah.

Dann hörte Pepper raschelnde Schritte im Laub. Kurz darauf spürte er, wie eine Hand sein Handgelenk umfaßte und seinen Körper nach oben zog, als wöge er nicht zwei Zentner, sondern höchstens die Hälfte.

Schwer atmend warf sich Pepper auf den Waldboden.

Er konnte zwar immer noch nicht richtig sehen, aber seinen Retter erkannte er dennoch. Es war Tony Huber.

»Wie kommen Sie denn in die Wand da runter?« fragte der überrascht.

»Man hat mich gestoßen.«

»Wer?«

»Ja, wenn ich das wüßte...« Pepper rieb den Schmutz aus seinen Augen und sah Tony an. Es wäre ein äußerst raffinierter Schachzug gewesen, ihn erst zu stoßen und dann zu retten. Aber er hatte ja erst die Stimme gehört, die ihn rief, und dann anschließend die Schritte vernommen, die sich entfernten.

»Das muß ein Verrückter gewesen sein«, preßte Pepper, noch immer schwer atmend, hervor. »Ich bin ja schon manchmal in Gefahr gewesen, aber so nah am Rande des Todes war ich noch nie!«
»Klingt ganz schön dramatisch«, sagte Tony mit einem schiefen Grinsen.
Pepper nickte. »Aber irgendwie stimmt's!« Er richtete sich langsam auf und lehnte sich gegen einen Baumstamm. »Für den Kerl muß eine Menge auf dem Spiel stehen!«
Tony zuckte die Achseln. »Geht's wieder?« fragte er dann.
»Warum sind Sie denn überhaupt gekommen?« fragte Pepper.
»Ich wollte mir die Füße vertreten.«
Daß das gelogen war, konnte jeder erkennen. Dazu mußte man nicht detektivisch geschult sein.
Pepper ließ Tony nicht aus den Augen: »Wußten Sie, daß mir Gefahr drohte?«
»Zur Zeit ist hier alles möglich.«
»Ich denke, man sollte einen großen Polizeieinsatz veranlassen«, meinte Pepper nachdenklich.
»Damit die uns hier alles niedertrampeln. Den Kerl wird man ja vielleicht auch anders kriegen.«
»Sie und ich?« fragte Pepper mit einem lauernden Blick.
»Warum nicht?« gab Tony zurück.
Sie machten sich auf den Rückweg. Peppers Fernglas hatten sie vergeblich gesucht. »Komisch«, meinte der Detektiv, »der kann wohl alles gebrauchen. Zuerst Lores Fahrrad, jetzt mein Fernglas. Man müßte mal rumfragen, wo in letzter Zeit alte Jagdflinten verschwunden sind.«
»Ich kenne niemand, der welche hat«, kam es wie aus der Pistole geschossen von Tony. Pepper beobachtete ihn von der Seite. Das war so schnell, so prompt gekommen, als ob

Tony unbedingt verhindern wollte, daß Pepper diesen Gedanken weiterspann.

Pepper schimpfte sich einen alten Esel, daß er da nicht schon früher drauf gekommen war. Irgendwo mußten die alten Flinten ja her sein. Er ging aber Tony gegenüber nicht weiter auf das Thema ein.

Unvermittelt fragte er: »Kennen Sie jemand, der eine Gürtelschnalle trägt, die wie eine zusammengerollte Schlange aussieht?«

Tony starrte auf den Boden und beschleunigte seine Schritte noch. »Was ... was haben Sie mich gefragt?«

Pepper konnte sich täuschen, aber der Vorarbeiter wirkte auf ihn wie jemand, der Zeit gewinnen wollte.

»Ich suche jemanden, der einen Gürtel trägt, der von einer Schnalle oder Schließe in Form einer Schlange zusammengehalten wird«, erklärte Pepper umständlich.

»Wie kommen Sie denn auf so was?«

Pepper überlegte sich, ob er Tony einweihen sollte, zog es dann aber vor, zu sagen: »Ist nicht so wichtig.«

»Würde mich aber interessieren.«

»Warum?«

»Nur so. Sie müssen doch einen Grund für diese Frage haben.«

Pepper wich aus: »Ich frage das zur Zeit jeden. Die Gürtelschnalle spielt in einem Fall eine gewisse Rolle.«

Plötzlich hatte sich so etwas wie Feindseligkeit zwischen den beiden eingeschlichen. Um sie nicht noch schlimmer werden zu lassen, sagte Pepper: »Sie haben mir das Leben gerettet. Alleine wäre ich da nicht wieder hochgekommen. Irgendwann hätten mich die Kräfte verlassen, und ich wäre abgestürzt. Wahrscheinlich hätte man es für einen Unfall gehalten, wenn nicht irgendein findiger Kopf meine Hände

untersucht und die Spuren der Haferlschuhe gefunden hätte.«
»Spuren von was?«
»Der Mann hat mich auf die Hände getreten. Mit Schuhen übrigens, die ich schon mal gesehen habe. Erst vorgestern. Da hat mich ein merkwürdiger Mann besucht und um etwas zu essen gebeten. Drüben in der Blockhütte. Er hat mich dann aber fluchtartig verlassen, als sich ein Auto näherte.«
»So, so«, brummelte Tony und bemühte sich, unbeteiligt zu wirken.
Pepper blieb stehen. »Tony, wenn Sie irgend etwas wissen, sollten Sie es mir sagen. Ich habe das Gefühl, daß da ein Mann im Wald herumirrt, der gar nicht so recht weiß, was er tut.«
»Was hab' ich damit zu tun?« fragte Tony patzig.
»Das will ich ja gerade wissen.«
»Die Antwort können Sie haben: nichts!«
Pepper schaute Tony in die Augen, doch der wich seinen Blicken aus.
»Glaub' ich Ihnen nicht«, brummte Pepper.
»Ich hab' Ihnen das Leben gerettet ... sagen Sie selber!«
»Und dafür bin ich Ihnen auch unendlich dankbar. Im Gegenzug könnten Sie sich vielleicht von mir helfen lassen.«
»Mir muß keiner helfen«, warf Tony patzig hin.
Sie erreichten die Schonung. Arnica und Pit schauten Pepper überrascht an. Er hatte sich nicht die Zeit genommen, seinen Parka zu säubern, und auch sein Gesicht war noch voller Sand und Walderde.
»Was ist passiert?« fragte Pit.
»Erzähl' ich euch später!« Pepper griff nach seiner Hacke und arbeitete den ganzen Nachmittag ohne Pause.

Eine überraschende Entdeckung

Nach Feierabend erzählte Pepper seinen Freunden, was geschehen war.
»Ich bin ganz sicher, daß wir es mit einem Mann zu tun haben, der in seiner Verzweiflung zu allem fähig ist.«
»Sie sollten Rübenach benachrichtigen«, meinte die Alte.
Pepper schüttelte den Kopf. »Wenn ihn die Polizei in die Enge treibt, dreht er vielleicht durch und stellt was ganz Schlimmes an.«
»Als ob das, was er getan hat, nicht schlimm genug wäre.«
»Und was machen wir jetzt?« fragte Arnica.
»Jetzt fahren wir alle zusammen ins Jägerstüberl zum Essen.«
»Au, Klasse!« rief Jonny.
»Na, wer den ganzen Tag so schwer gearbeitet hat wie du«, meinte Pepper ironisch, »hat sich ja auch ein anständiges Essen verdient.«
»Immer machen sich alle nur über mich lustig!« maulte Jonny.
»Tja, wer den Schaden hat, braucht für den Spott nicht zu sorgen«, rief die Alte und legte sich ein schönes gehäkeltes Tuch um die Schultern. »So«, sagte sie dann zufrieden, »ich hab' mich schon ausgehfein gemacht!«
Auf dem Weg ins Dorf fuhren sie bei Mailinger vorbei und fragten ihn, ob sie ihn zum Essen einladen könnten, aber er lehnte seltsam schroff ab. Er gehe schon seit Jahren nicht mehr in das Lokal. Und diese Gewohnheit werde er auch nicht mehr ändern.
Im Jägerstüberl war ziemlich viel Betrieb. Sie fanden gerade noch einen freien Tisch.

»Bestellt, was ihr wollt«, sagte Pepper, »noch hab' ich Geld aus meiner letzten Prämie.«
Frau Scheringer schüttelte mißbilligend den Kopf. »Kaum verdient, schon vertan – das ist doch keine Lebenshaltung für einen Mann in Ihrem Alter.«
»Ach was«, sagte Pepper, »gut gelebt gedenkt einem lang!«
Die Kinder ließen sich nicht zweimal bitten. Jonny hatte sowieso die Angewohnheit, die Speisekarte von unten her zu lesen und zuerst auf die Höhe der Preise zu schauen. Pit dagegen, dessen Mutter seit jeher sparen mußte, war wie immer bescheiden und mußte von Pepper richtig überredet werden, »etwas Anständiges« zu bestellen. »Schließlich arbeitest du schwer, da mußt du auch gut essen!«
Es wurde ein vergnügter Abend. Peppers Abenteuer im Steinbruch war nur noch für kurze Zeit Gesprächsstoff. Als die Bedienung abräumte, kam der Wirt an den Tisch. »Hat's geschmeckt?« fragte er, und seine Gäste aus der Stadt überschütteten ihn mit Lob.
»Wo bekommt man denn jetzt Wild her? Augenblicklich darf man doch gar keine Rehe schießen«, wandte sich Pepper an ihn.
»Man hat so seine Verbindungen«, antwortete der Wirt ausweichend.
»Ich habe früher auch gejagt«, sagte Pepper.
»Was Sie nicht sagen!«
Die anderen verfolgten das Gespräch aufmerksam. Sie kannten Pepper und wußten, wie er sich herantastete, wenn er aus jemandem etwas herausholen wollte.
»Tja, wenn mich mal jemand mitnehmen würde...«
»Ich denke, Sie kennen den Mailinger gut.«
»Ja, schon, aber den mag ich nicht darum bitten.«
»Also, zur Zeit ist ja Schonzeit«, sagte der Wirt.

»Das schon, aber bei Ihnen gibt's doch trotzdem Wild.«
»Na ja, manchmal wird ein Tier angefahren. Hinter dem Wald führt die Bundesstraße vorbei...«
»In den letzten zwei Wochen ist aber kein Tier angefahren worden«, bemerkte Pepper und stopfte sich in aller Ruhe eine Pfeife.
»Woher wollen Sie das denn wissen?« fragte der Wirt.
»Nun, ich kenne nicht nur Herrn Mailinger gut. Wilhelm Tröger ist ein alter Kollege von mir.«
»Auf das, was der sagt, dürfen Sie nicht so viel geben«, meinte der Wirt, »der schaut zu häufig und zu tief ins Glas.«
»Ist denn ein Stück Wild angefahren worden?«
Dem Wirt war die ganze Angelegenheit sichtlich peinlich. »Das kann Ihnen doch egal sein. Hauptsache, der Braten hat geschmeckt.«
»Na ja, da haben Sie auch wieder recht«, lenkte Pepper versöhnlich ein und ging dann sofort wieder zum Angriff über. »Ich hab' gehört, man könne hier mit etwas Glück ein altes Jagdgewehr erwerben?«
»Wer hat Ihnen denn so was erzählt?«
»Ist doch egal, wer, Hauptsache, es stimmt.«
»Das glaub' ich nicht, daß der eins von seinen Gewehren verkauft«, sagte der Wirt.
»Wer?«
Huber bekam schmale Augen. »Der, der welche hat, eben!« Er stand unvermittelt auf und kehrte zu seinem Tresen zurück.
»Also gibt es einen, der alte Gewehre besitzt«, flüsterte Jonny aufgeregt.
Pepper nickte. »Nur finden müssen wir ihn noch!«
Wilhelm Tröger kam herein. Er entdeckte Pepper und kam an den Tisch.

»Nimm Platz, Wilhelm«, forderte ihn Pepper auf. Er machte seine Freunde mit dem Polizisten bekannt.
»Du müßtest doch eigentlich wissen, wer hier im Ort alte Jagdgewehre sammelt«, kam er ohne Umschweife zur Sache.
Tröger nickte: »Ja, sicher, der Forstrat Mailinger!«
Er sah von einem zum andern. »Was starrt ihr mich denn so an wie eine Gans, wenn's donnert?«
»Du weißt wie wir, daß auf den Förster und in der Bank mit alten Jagdflinten geschossen wurde.«
»Natürlich weiß ich das!«
»Und?«
»Nichts und! Herr Wirt, ein Bier und einen Schnaps!«
»Und sonst weißt du niemand, der alte Waffen hat?«
»Nein, tut mir leid.«
»Weißt du vielleicht, warum der Förster und Tony Huber so schlecht aufeinander zu sprechen sind?«
Tröger zuckte die Achseln. »Da gibt's noch andere, mit denen der Tony zerstritten ist.«
»Der Wirt zum Beispiel?« fragte Pit.
»Ganz recht, mein Junge. Er hat den Tony zwar großgezogen, aber er hat ihn auch ausgebeutet. Tony wäre damals gerne auf eine höhere Schule gegangen, aber statt dessen mußte er für den Wirt die Drecksarbeit machen...« Tröger unterbrach sich, weil Huber mit den Getränken kam. Der Wirt blieb ein paar Augenblicke am Tisch stehen, aber als ihn niemand ansprach, drehte er wieder ab. Auf dem Weg zurück zur Theke blickte er immer wieder über die Schulter zu dem Tisch zurück, an dem Pepper und seine Freunde saßen.
Der Detektiv lehnte sich zurück und sagte: »Ich beschreibe dir jetzt mal einen Mann: etwa ein Meter achtzig groß,

schlank, fast hager. Schwarzer Vollbart, eingefallene Wangen, ziemlich stechende Augen. Trägt eine grüne Lodenjacke, Lederkniebundhosen, Haferlschuhe.«
»Die Beschreibung paßt auf viele Männer«, winkte Tröger ab.
»Weich' mir jetzt nicht aus, Wilhelm!« fuhr ihn Pepper an.
Tröger hatte plötzlich kleine Schweißtropfen auf der Stirn, und seine Gesichtshaut war eine Spur bleicher geworden.
»Tut mir leid, PP«, stammelte er.
Pepper sah ihn eindringlich an und sagte: »Ach, so ist das!«
Die anderen am Tisch musterten ihn verständnislos.
»Ja, so ist das«, seufzte Tröger, stürzte den Schnaps hinunter und goß gleich das halbe Bier hinterher.
Pepper wechselte unvermittelt das Thema. »Das Blockhaus ist wirklich ideal, um mal richtig auszuspannen!«
»Ja«, murmelte der Polizist unbeteiligt. Seine Gedanken schienen ganz woanders zu sein.
»Ich denke, daß ich noch ein paar Wochen bleibe«, fuhr Pepper fort.
»Als Waldarbeiter?«
»Ach, das weißt du auch schon wieder?«
»Ich sagte doch schon, daß man in diesem Dorf alles wissen muß.«
»Außer, wer der Mann mit dem Vollbart und den Haferlschuhen ist«, fauchte die Alte bissig.
Aber Tröger beachtete den Einwurf gar nicht. Er legte Geld auf den Tisch und verließ fluchtartig das Jägerstüberl.
Sofort bestürmten die anderen Paul Pepper.
»Was soll das denn bedeuten?« wunderte sich Frau Scheringer, »diese Feststellung: ›Ach, so ist das!‹«
»Habt ihr das nicht gemerkt? Tröger kann nicht reden. Irgendwer hat ihn in der Hand.«

»Aber warum denn?«
»Was weiß ich«, Pepper wurde unwirsch, »wahrscheinlich hat er mal irgend etwas verbockt, das nicht rauskommen darf. So was gibt es in diesem Beruf.«
»Aber Ihnen könnte er es doch sagen«, wendete die Alte ein.
»Möglich, nur nicht, wenn Zuhörer dabei sind.«
Die gute Stimmung war verflogen und ließ sich auch nicht wieder herstellen. Pepper bezahlte. Er bat Frau Scheringer, den Wagen zurückzufahren. Er wollte noch mal bei Mailinger vorbei und später zu Fuß nachkommen.
»Sind Sie denn nicht müde, nach all dem, was Sie heute erlebt haben?« fragte Arnica.
»Doch, aber das spielt jetzt keine Rolle!«
Pepper erhob sich und stapfte hinaus. Er hatte nicht einmal gewartet, bis die anderen soweit waren.
»Manchmal ist er richtig unhöflich«, bemerkte Marie Luise Scheringer kopfschüttelnd.
»Ach, er ist eben in Gedanken.« Pit war immer der erste, der PP in Schutz nahm.
Pepper klingelte bei Mailinger und mußte lange warten, bis der Förster öffnete.
»Kann ich noch einen Augenblick hereinkommen?« bat er.
Mailinger schien nicht begeistert zu sein, machte dann aber zögernd eine einladende Geste.
»Danke«, sagte Pepper und trat in das Haus.
»Ein Bier?« fragte Mailinger.
»Nein, vielen Dank, ich habe gerade schon eins im Jägerstüberl getrunken.«
Pepper setzte sich auf die Eckbank und stützte den Kopf schwer in die Hände. Von unten herauf musterte er den Forstrat aufmerksam.
»Nun?« fragte Mailinger.

»Ich hätte heute fast das Zeitliche gesegnet«, stellte Pepper trocken fest und erzählte, was im Steinbruch passiert war.
»Das ist ja furchtbar«, rief der Förster.
»Auch nicht schlimmer, als wenn man auf Sie schießt.«
»Na ja, wenn er getroffen hätte, wär's wenigstens sofort vorbei gewesen. Aber wenn man so über einem Abgrund hängt...«
Pepper winkte ab. »Sie haben eine Menge alter Gewehre, sagt man mir.«
»Stimmt.«
»Warum?«
»Ich interessiere mich für alte Waffen.«
Mailinger schüttelte den Kopf. »Mir müssen Sie nichts vorheucheln, Herr Pepper.«
Pepper sagte: »Also gut. Mich würde interessieren, ob es da irgendeinen Zusammenhang gibt.«
Mailinger führte ihn zu einem schönen alten Bauernschrank in der Diele. Er zog einen Schlüssel aus der Hosentasche und schloß auf. Die Gewehre standen dicht an dicht nebeneinander. Zwei fehlten.
Pepper deutete auf die Lücken. »Da stand also das Meredith-Gewehr und dort die alte Mauserflinte, oder umgekehrt!«
Mailinger nickte.
»Bleibt die Frage, wer die Waffen jetzt hat.«
»Das weiß ich nicht.«
»Wirklich nicht?«
»Nein. Vor sechs Wochen ist hier eingebrochen worden.«
Pepper sagte: »Sie lügen, Herr Mailinger.«
Seltsamerweise war der Forstrat nicht beleidigt. »Wie kommen Sie darauf?« fragte er in betont höflichem Ton.
»Sie hätten den Diebstahl gemeldet!«

»Habe ich ja!«
Pepper starrte ihn perplex an. »Sagen Sie das noch mal!«
»Ich habe den Diebstahl auf dem Polizeiposten gemeldet. Tröger war hier und hat alles aufgenommen. Aber es ist natürlich schwierig, so etwas aufzuklären.«
»Ist sonst noch etwas weggekommen?« fragte Pepper.
»Nicht, daß ich wüßte.«
Pepper verließ das Forsthaus mit einem seltsamen Gefühl. Dieser Fall wurde mit jedem Schritt, den er tat, komplizierter. Er verabschiedete sich von dem Förster und ließ sich noch erklären, wo Wilhelm Tröger wohnte.
Das war zwar ein weiter Weg – zuerst zurück ins Dorf und dann bis ganz ans andere Ende von Ellertsweiler. Aber Pepper wollte den Besuch bei seinem ehemaligen Kollegen nicht aufschieben.
Frau Scheringer hatte Peppers Wagen hinter dem Haus abgestellt. Sie sah auf die Uhr am Armaturenbrett und sagte: »Ein Stündchen können wir noch zusammensitzen. Ich würde gerne noch eine Runde Canasta spielen.«
Der Vorschlag wurde von den anderen begeistert aufgenommen. Es war inzwischen so kühl geworden, daß sie die Glut auf der Herdfeuerstelle als ausgesprochen wohltuend empfanden. Pit legte sogar noch ein wenig Holz auf, das knisternd und krachend Feuer fing. Funken stoben auf, und die Flammen verbreiteten ein angenehmes Licht.
Pepper schritt kräftig aus. Wenn er an einem Fall arbeitete, fiel es ihm nicht schwer, seine körperliche Müdigkeit zu überwinden.
Bei Tröger brannte noch Licht. Pepper klopfte an die Tür. Eine Klingel konnte er nirgends finden.
Tröger lebte wie Mailinger allein, aber im Unterschied zu dem Förster war der Polizist nie verheiratet gewesen.

»Du hast mir gerade noch gefehlt«, stellte er mit einem Seufzer fest.

Pepper kam sofort zur Sache: »Also, Wilhelm, nun erzähl' mal deinem alten Freund PP, wer dich in der Hand hat.«

»Da denkt man, es ist Gras über eine Sache gewachsen, und schon kommt so ein altes Kamel aus der Stadt und frißt es wieder ab«, schimpfte der Polizeibeamte. »Nimm erst mal Platz. Willst du was trinken?«

»Später vielleicht. Zuerst will ich etwas wissen.«

»Wenn du mir versprichst, daß es unter uns bleibt.«

»Nein.«

»Paul, Menschenskind...«

»Ich kann dir gar nichts versprechen, bevor ich nicht weiß, worum es geht.«

Tröger holte eine Schnapsflasche aus einem Wandschränkchen, aber Pepper nahm sie ihm ohne viele Umschweife aus der Hand.

»Also«, sagte er hart, »was ist los?«

»Das Haus hier gehört mir«, begann Tröger, unterbrach sich aber gleich wieder.

»Weiter!«

»Ich hab' es vor sechs Jahren gebaut. Und wie das so ist in einem Dorf, haben mir eine Menge Leute dabei geholfen. Am meisten Hilfe bekam ich vom jungen Huber und dem jungen Mailinger.«

Pepper wäre um ein Haar die Flasche aus der Hand gefallen, die er noch immer festhielt.

»Mailinger hat einen Sohn?«

»Sag' bloß, das wußtest du nicht?«

»Ich bin gar nicht auf die Idee gekommen. Daß er verheiratet gewesen ist, hat er mir gesagt, aber seinen Sohn hat er mit keinem Wort erwähnt.«

»Das wundert mich nicht«, sagte Tröger. »Leider ist mir dann das Geld ausgegangen, noch bevor ich das Dach auf dem Rohbau hatte.«
»Ja, rechnen ist noch nie deine Stärke gewesen«, bemerkte Pepper trocken.
»Ich hatte angenommen, daß ich mehr Kredit kriegen würde.«
»So was klärt ein vernünftiger Mensch aber vorher.«
»Ich hab' ja nie behauptet, ein vernünftiger Mensch zu sein.«
Tröger griff nach der Flasche, aber Pepper entzog sie ihm.
»Also, du warst pleite?«
»Ja, genau!«
»Den Rest kann ich mir fast denken!«
»Ist ja auch nicht so schwierig.«
»Also: Wer hat dir aus der Patsche geholfen?«
»Mailinger!«
»Und was hat er dafür verlangt?«
»Kannst du dir das nicht denken?«
»Nein, mit dem besten Willen nicht. Ich hab' ja nicht deine Informationen.«
»Ich sollte seinen Sohn ... also, ich sollte ihn nicht ... ich sollte ihn schonen eben!«
»Wie heißt der Sohn?«
»Michael.«
»Und was hat der ausgefressen?«
»Nichts Ernstes. Er ist halt manchmal ein wenig daneben, man könnte vielleicht auch sagen, er ist nicht ganz zurechnungsfähig.«
»Und was macht er dann?«
»Begonnen hat es damit, daß er mit dem Wagen seines Vaters einen Unfall baute, noch bevor er einen Führerschein hatte.«

»Das kommt in den besten Familien vor«, stellte Pepper trocken fest.

»Dann wurde er bei einem Diebstahl erwischt. Das konnte sein Vater gerade noch hinbiegen. Aber als er dann eingebrochen hat, ist es schon schwieriger geworden.«

»Wo hat er eingebrochen?«

»Im Nachbarort. Gehört auch zu meinem Gebiet. Er hat beim Motorhaus Ebermaier eine 500er Maschine mitgehen lassen. In der gleichen Nacht noch hat er sie umgespritzt und einiges daran verändert – allerdings nicht genug, um die Maschine völlig unkenntlich zu machen. Du weißt, ich bin ein erfahrener Polizist. Mir konnte der Junge kein X für ein U vormachen.«

»Sein Vater hat die Maschine bezahlt, nehme ich an.«

»Ja, genau, aber er hat ihn auch derart zur Brust genommen, daß der Sohn bei Nacht und Nebel das Haus verlassen hat. Bis heute ist er nicht wieder aufgetaucht.«

»Nur einmal, als er in seinem Haß das Haus anzünden wollte.«

»Davon ist mir nichts bekannt.«

»Der Vater wird seinen Sohn nicht anzeigen«, bemerkte Pepper zweifelnd.

»Sag das nicht. Einmal ist er zu mir gekommen.«

»Als die Jagdgewehre verschwunden waren?«

»Das weißt du auch?«

»Er hat es mir vor einer Stunde erzählt.«

»Das ist furchtbar!« stöhnte Tröger.

»Du hättest ihn längst festnehmen und auf Nummer Sicher bringen müssen«, stellte Pepper fest. »Spätestens nach dem Banküberfall.«

»Aber das war er doch gar nicht!«

»Bitte?«

»Er kann es nicht gewesen sein. Genau an diesem Tag hat er sich mit seinem Vater getroffen.«
»Wo?«
»Hier bei mir!«
»Und wann genau?«
»Gleich nach Dienstschluß. Ich glaube, es war um halb sechs Uhr.«
»Zeit genug, um vorher den Überfall zu begehen.«
»Aber er hat ganz glaubhaft versichert, daß er die Gewehre nicht mehr hat. Es ging darum, daß der Vater annahm, sein eigener Sohn habe auf ihn geschossen.«
»Könnte ja sein, wenn der Kerl so verbohrt ist.«
»Ja, eben. Aber du hättest den Michael sehen sollen. Der wollte sich viel lieber mit seinem Vater versöhnen.«
»Und?«
»Der Alte war hart wie Granit. Abbitte hat er verlangt. Michael sollte alle seine Untaten beichten und öffentlich bereuen. Er war unerbittlich, der alte Mailinger. Aber der Junge ist kein Haar weniger stur. Am Ende ist er davongerannt und hat zum Abschied geschrien: › Ihr werdet schon noch sehen, was ihr davon habt. ‹ «
»Jetzt noch mal von vorne«, seufzte Pepper und fuhr sich mit der flachen Hand über die Augen. »Du hast in allen Fällen, in denen du gegen den jungen Mailinger hättest ermitteln müssen, die Tatsachen unter den Tisch fallen lassen?«
»Sagen wir mal, ich habe jedes Mal eine Regelung erreicht. Die Geschädigten sind entschädigt worden, und eine Anzeige wurde nicht erstattet, oder sie wurde zurückgezogen.«
»Hast du schon einmal etwas von sogenanntem Verfolgungszwang gehört?«
»Wie bitte?«

»Ein Polizist *muß* ein Verbrechen, von dem er Kenntnis erlangt, verfolgen!«
»Ich geb' ja zu, daß ich eine Menge falsch gemacht habe.«
»Und der Mailinger hat dir dafür die Schulden erlassen.«
»Ich zahl' sie zurück.«
»Mit Zinsen und Zinseszinsen?«
»Nein – wir betrachten den Kredit als zinsloses Darlehen.«
»Und die Zinsen berappst du, indem du den Sohn nicht hinter Gitter bringst. Du bist mir vielleicht ein Polizeibeamter!«
»Wirst du mich dem Rübezahl ausliefern?« kam es kläglich von Wilhelm Tröger.
»Ich? Ich unterliege doch nicht dem Verfolgungszwang! Bin ich Polizist?« Tröger fiel ein Stein vom Herzen.
»Aber über den Michael Mailinger kannst du unmöglich weiter die Hand halten«, warnte ihn Pepper.
»Ja, wahrscheinlich hast du recht«, antwortete Tröger lahm.
»Kann ich jetzt einen Schnaps haben?«
»Besser wär's, du kämest ohne aus«, sagte Pepper und erhob sich.
»Wie soll's denn nun weitergehen?« fragte Tröger.
»Schwer zu sagen. Irgendwie muß ich an diesen Michael herankommen. Wenn meine Vermutung zutrifft, hat er immerhin versucht, seinen Vater und mich umzubringen.«
»Seinen Vater bestimmt nicht.«
»Irgendwer muß ja auf den Förster geschossen haben. Mit einem seiner eigenen Gewehre. Den Richter mußt du mir mal zeigen, der bei all diesen Indizien den Sohn nicht verurteilt.«
»Das ist es ja gerade. Michael hat sich so tief verstrickt, daß er selber glaubt, nie mehr herauszukommen.«
»Das könnte durchaus auch zutreffen«, murmelte Pepper finster.

Er ging zur Tür, hielt aber dort kurz noch einmal inne: »Du hast gesagt, der junge Mailinger und der junge Huber hätten dir besonders eifrig geholfen bei deinem Hausbau.«
»Stimmt.«
»Wie standen die beiden denn miteinander?«
»Seit man sich denken kann, sind sie dicke Freunde!«
»Bis heute?«
»Ich glaube nicht, daß sich daran etwas geändert hat.«
»Noch eine Frage.« Pepper trat wieder zwei Schritte in den Raum zurück. »Ist dir mal bei einem der jungen Männer eine Gürtelschnalle aufgefallen, die einer Schlange nachgebildet war – einer zusammengerollten Schlange?«
»Nicht, daß ich wüßte.«
»Hätte mich auch gewundert«, zischte Pepper bissig und verließ grußlos das Haus des Polizisten.
Frau Scheringer schob die Spielkarten zusammen und klopfte den Stapel zurecht. »Ich denke, wir hören auf. Pepper wird wohl nicht so bald kommen.«
»Hoffentlich ist ihm nichts passiert«, seufzte Arnica besorgt.
»Ach wo«, beruhigte sie die Alte. »Unkraut verdirbt nicht – und so eines wie Paul Pepper schon gleich gar nicht! Ich schlage vor, wir legen uns alle aufs Ohr. Morgen früh ist die Nacht rum. Und ihr habt noch mal einen schweren Tag, bevor es ins wohlverdiente Wochenende geht.«
Widerspruch war nicht zu erwarten, denn Frau Scheringer hatte schon seit einer halben Stunde beobachtet, wie vor allem Arnica und Pit gegen die Müdigkeit ankämpften.

Pepper findet eine heiße Spur

Auch am nächsten Tag begleitete Pepper Pit und Arnica in den Wald. Kaum hatten sie die Schonung erreicht, da nahm Pepper auch schon Tony Huber zur Seite.
»Sie hätten mir ruhig sagen können, daß es Ihr Freund Michael Mailinger ist, der hier auf sich allein gestellt im Wald haust.«
Tony starrte Pepper ein paar Augenblicke lang schweigend an, ehe er sagte: »Wer behauptet denn das?«
»Sagen wir mal so: Es ist das Ergebnis meiner Ermittlungen. Ich kann mir nun auch vorstellen, wo Sie hingehen, wenn Sie sich hier immer wieder absetzen. Und daß der Förster Ihr seltsames Verhalten stillschweigend duldet, ist damit eigentlich auch erklärt.«
»So. Meinen Sie?«
Pit und Arnica hatten sich inzwischen an die beiden herangeschoben. Pepper sagte: »Gestern meinten Sie doch noch, den Kerl werde man vielleicht auch ohne Polizei kriegen, und ich fragte Sie, ob wir beide das vielleicht gemeinsam erreichen könnten.«
»Richtig!«
»Wollen wir's versuchen?«
»Gehen wir ein Stück?« fragte Tony mit einem Blick auf Pit und Arnica.
Pepper nickte und lehnte seine Hacke gegen einen Baumstamm. Als sie außer Hörweite waren, flüsterte Tony Huber: »Ich besitze einen Gürtel mit einer Schließe, die aussieht wie eine Schlange. Das heißt, ich hab' einen solchen Gürtel besessen.«
»Aha!« Pepper zeigte keinerlei Gemütsregung.

»Wenn Sie Polizist wären, müßten Sie mich nach diesem Geständnis verhaften.«
Pepper lachte. »Die Tatsache, daß Sie einen solchen Gürtel haben, beweist erst einmal gar nichts.«
»Er ist verschwunden.«
»Wann?« »Das weiß ich nicht. Ich hab' ja erst jetzt danach gesucht, weil Sie alle Welt darauf angesprochen haben.«
Pepper schüttelte den Kopf. »Ich weiß nicht recht. Der Gürtel des Bankräubers war ja nur zufällig zu sehen. Auf keinen Fall hat ihn der Mann umgebunden, um damit auf eine falsche Fährte zu locken.«
»Komisch«, murmelte Tony.
»Dafür gibt es eine Erklärung«, sagte Pepper. »Den Gürtel hat sich jemand genommen, der jederzeit bei Ihnen ein- und ausgehen kann. Haben Sie einen Freund, der Zugang zu Ihrer Wohnung hat?«
Tony Huber sah Pepper nachdenklich an. »Ich glaube, mein Onkel hat noch einen Schlüssel. Aber sicher bin ich nicht.«
»Der Wirt vom Jägerstüberl?«
»Ja!«
Pepper kam plötzlich eine Idee. »Das Meredith-Gewehr, wer hat das?«
»Warum fragen Sie?«
»Damit ist bei dem Banküberfall geschossen worden.«
Tony starrte den Detektiv sprachlos an.
»Ist das Ihr Ernst?«
»Zu Scherzen bin ich heute irgendwie nicht aufgelegt.«
»Aber..., aber...«
»Geben Sie's zu: Das Gewehr ist bei Ihnen?«
»Wie kommen Sie denn darauf?«
»Michael Mailinger hat die beiden Waffen bei seinem Vater gestohlen. Warum er das getan hat, wird sich noch erweisen.

Jeder von Ihnen beiden hat eins der Gewehre an sich genommen. Michael das Mausergewehr, Sie die Flinte von Meredith. Stimmt's?«

»Sie phantasieren!«

»Schon lange nicht mehr«, brummte Pepper grimmig.

»Ich muß mal weg«, sagte Tony Huber hastig.

»Aber nicht ohne mich!«

»Von mir aus!«

Die beiden eilten, verfolgt von den Blicken der anderen, zum Traktor. Tony koppelte den Anhänger ab.

»Wo wollen Sie hin? Zu Michael Mailinger?« fragte Pepper.

»Erst einmal will ich nach Hause.«

»Und wenn Sie das Gewehr dort nicht finden?«

»Dann sehen wir weiter!«

Tony sprang auf den Traktorsitz. Pepper nahm auf dem Kotflügel Platz und zog seine Pfeife aus der Tasche. Er war zufrieden mit sich.

Arnica und Pit schauten dem Traktor nach, der schnell zwischen den hohen Bäumen links und rechts des Waldwegs verschwand.

»Sieht so aus, als hätte Pepper eine heiße Spur«, stellte Pit fest.

Axel, der neben ihm stand, fragte: »Was meinst du denn damit?«

»Nichts weiter«, sagte Pit schnell.

Aber Arnica war weniger vorsichtig. »Vielleicht findet er jetzt den Mann, der auf den Förster geschossen hat.«

Pit warf ihr einen ärgerlichen Blick zu, aber Arnica nahm ihn gar nicht wahr.

Doch es war sowieso schon zu spät, um Arnica zu warnen, daß sie etwas vorsichtiger sein solle; denn im gleichen Augenblick entdeckte er, versteckt zwischen zwei Holunderbüschen, die am Waldsaum oberhalb der Schonung standen, eine Gestalt. Pit hatte sehr gute Augen, sonst wäre ihm der Mann bestimmt nicht aufgefallen. Reglos stand er dort, wie verwachsen mit den Pflanzen.

Pit ließ sich seine Entdeckung nicht anmerken.

Axel hatte sich inzwischen wieder seinen Pflanzen zugewandt.

»He, Arnica«, flüsterte Pit, »sieh doch mal dort drüben!« Er deutete kaum merklich mit dem Kopf in die Richtung, wo er den Mann bemerkt hatte.

»Ich seh' nichts«, sagte das Mädchen.

Pit schaute wieder hin. Tatsächlich, die Gestalt war verschwunden.

»Da war einer, auf den die Beschreibung Peppers paßt«, zischte Pit. »Ich versuche mal, ob ich ihn finden kann!« Er lehnte seine Hacke neben die von Pepper und rannte los.

»Was ist denn los mit ihm?« fragte Lore.

»Ich weiß nicht«, sagte Arnica, »irgendwas ist ihm eingefallen.«

»Hier kann doch nicht jeder weglaufen, wie's ihm gerade in den Kram paßt«, schimpfte Franz.

Aber das hörte Pit schon nicht mehr.

Er tauchte zwischen den Holunderbüschen in den Wald ein. Hier war es dunkler als draußen auf der offenen Schonung. Seine Augen mußten sich erst daran gewöhnen.

Ein schmaler Weg, der kaum auszumachen war, schlängelte sich durch den Wald. Er führte zum Paradiesflüßchen hinunter. Pit versuchte Spuren zu entdecken, aber auf dem Waldboden bildeten sich keine Abdrücke.

Gespannt horchte der Junge in den Wald hinein. Nicht weit von ihm knackte ein Zweig. Geduckt huschte Pit in die Richtung, aus der das Geräusch gekommen war. Vorsich-

tig, immer Deckung suchend, arbeitete er sich vorwärts. Der Boden wurde jetzt abschüssiger. Der Trampelpfad wand sich durch Brombeergestrüpp. Pit blieb unschlüssig stehen. Aber als er sich die Gestalt noch einmal ins Gedächtnis rief, die dort oben am Waldrand reglos zwischen den Büschen gestanden hatte, da war er sich ganz sicher, daß das der Mann gewesen sein mußte, der vor einigen Tagen Pepper um etwas zu essen und zu trinken gebeten hatte: grüne, doppelreihige Lodenjacke, Kniebundhose aus Leder, grüne Wollstrümpfe, Haferlschuhe, das hohlwangige Gesicht von einem wilden, schwarzen Bart eingerahmt. Und Pit war fest davon überzeugt, daß es sich bei diesem Mann um Michael Mailinger handeln mußte.
Vorsichtig schlich er weiter. Nun konnte er schon das Rauschen des Flüßchens hören. Der Trampelpfad führte hier über ein kurzes Stück noch einmal bergauf zu einem kleinen Felsvorsprung, ehe er dann von dort steil zum Wasser abfiel. Pit ließ sich auf die Knie nieder und schob sich bis zu dem Felsen vor. Als er um einen Baumstumpf lugte, hielt er erschrocken den Atem an.
Direkt am Bach stand der Mann und kehrte ihm den Rücken zu. Pit war sofort klar, daß es sich um die gleiche Person handelte, die zwei Tage zuvor die Eisenfalle ins Gebüsch gezogen hatte. Einen Augenblick überlegte er, ob er nicht einfach rufen sollte: »Hallo, Herr Mailinger!«
In diesem Augenblick aber setzte sich der Mann wieder in Bewegung. Pit fiel auf, wie geschickt, ja, geschmeidig er sich bewegte. Diesem Mann war das Gelände vertraut, und er hatte Übung darin, sich im Wald zurechtzufinden.
Der Junge wartete einige Augenblicke, ehe er vollends zum Flüßchen hinabstieg und dann den Anstieg auf der Gegenseite in Angriff nahm.

Auch Pit hatte Erfahrung darin, sich in den Wäldern zu bewegen. Er achtete sehr darauf, dem Mann, den er verfolgte, nicht zu nahe zu kommen. Geschickt vermied er es, auf Äste oder Zweige zu treten. Blieb der Mann stehen, so verharrte auch Pit sofort.

Auf diese Weise konnte er ihm folgen, bis sie den Rand des Steinbruchs erreichten. Der Mann in der grünen Lodenjacke blieb einen Augenblick unschlüssig stehen und stieg dann über eine steile Wand in den Abgrund hinunter. Er nahm nicht den Weg, der in zwei ausladenden Serpentinen zum Grund des Steinbruchs führte, sondern kletterte wie eine Gemse über Felsen und aus der Wand ragende Wurzeln hinunter. Hier konnte ihm Pit nicht folgen; denn in der Wand hätte er ihn jederzeit ausmachen können. Also verfiel der Junge in einen leichten Trab und eilte auf den Serpentinenweg zu. Immer wieder blieb er stehen, um nachzuschauen, wo sich der bärtige Mann befand.

Pit hatte den Einschnitt des Weges noch nicht erreicht, als der andere bereits auf der Sohle des Steinbruchs angekommen war und zwischen dichtem Buschwerk verschwand. Mit den Augen suchte der Junge das Gelände ab. Es gab keinen anderen Weg aus dem Steinbruch heraus als über den Kletterpfad, den der Mann hinabgestiegen war, oder über den geschwungenen Weg. Pit versteckte sich unter einem Busch, legte sich platt auf den Bauch, das Kinn auf die verschränkten Arme gestützt, und verharrte in dieser Beobachtungsposition.

Pepper und Tony hatten inzwischen das Dorf erreicht. Tony Huber wohnte über einer Garage, die zu einer Autowerkstatt gehörte. Die kleine Wohnung bestand aus zwei einfachen Zimmern, einer Küche und einer Dusche. Ohne weiter auf Pepper zu achten, durchschritt er den ersten Raum,

riß die Tür zum zweiten auf und ging zielstrebig auf eine alte Kommode zu, die einen wertvollen Eindruck machte.
Tony zog einen kleinen Schlüssel aus der Tasche und steckte ihn in das Schloß der dritten Schublade. Aber der Schlüssel griff nicht und ließ sich, ohne auf Widerstand zu treffen, in dem Schlüsselloch herumdrehen.
»Was ist denn das?« fragte Tony überrascht.
»Es deutet darauf hin, daß jemand das Schloß aufgebrochen hat«, meinte Pepper. »Ziehen Sie doch einfach einmal an der Schublade.«
Tony befolgte den Rat. Die Schublade ließ sich ganz leicht herausziehen. Jetzt sah man auch, daß das Schloß herausgebrochen worden war. Die Schublade war leer.
»War da der Gürtel drin?« fragte Pepper.
Tony Huber schüttelte den Kopf. »Nein, das Jagdgewehr.«
Pepper betrachtete ihn aus schmalen Augen: »Sagen Sie bloß, Sie hätten in den letzten Tagen nicht geprüft, ob die Waffe noch an ihrem Platz liegt!«
»Sie war doch hier gut eingeschlossen!«
»Aber Sie haben ja gehört, daß mit einem Jagdgewehr geschossen worden ist!« betonte Pepper.
»Nun, wenn ich es nicht gewesen bin, konnte es ja auch mein Gewehr nicht gewesen sein.«
Pepper mußte unwillkürlich lachen. »Das klingt zwar logisch, ist es aber nicht. Auf die Idee, daß sich Ihr Gewehr jemand hätte ausleihen können, sind Sie wohl nicht gekommen?«
Tony Huber schüttelte den Kopf. »Mit keinem Gedanken!«
Pepper ging in dem schmalen Raum auf und ab. Er hatte die Hände auf dem Rücken verschränkt und den Oberkörper weit vorgebeugt. »Ihr Onkel, der Wirt vom Jägerstüberl, hat also einen Schlüssel für Ihre Wohnung?«

»Ich hab' ihm damals einen gegeben. Aber ich weiß natürlich nicht, ob er ihn aufbewahrt hat.«
»Dann fragen wir ihn doch am besten einmal selbst«, sagte Pepper.
Pit hatte eine gute halbe Stunde unbeweglich unter dem Busch gelegen, als er das Geräusch eines Motorrads hörte. Plötzlich wurde ihm klar, daß seine ganze Verfolgung sinnlos war, wenn der Mann mit einem schnellen Fahrzeug davonfuhr. Bewundernd sah er, wie das Motorrad über den Weg, der als solcher fast nicht mehr zu erkennen war, gelenkt wurde. Der Mann stand in den Fußrasten und steuerte seine Maschine geschickt über Gestein und Geröll, durch tiefe Erdfurchen und über weit herausstehende Wurzeln. Er näherte sich dem Rand des Steinbruchs mit erstaunlicher Geschwindigkeit. Pit richtete sich ein wenig auf, damit er sich wenigstens die Nummer des Motorrads notieren konnte. Aber als die schwere Maschine dicht an ihm vorbeidonnerte, sah er, daß der Mann ohne Nummernschild unterwegs war. Auch die Marke ließ sich nicht ohne weiteres feststellen, denn die ganze Maschine war blau überpinselt und ein Firmenzeichen nicht zu erkennen.
Pit starrte dem Fahrer nach, der, wie von bösen Geistern gehetzt, über einen unsicheren Waldpfad davonbrauste. Resigniert machte sich der Junge auf den Rückweg zur Schonung.
Johannes Bergemaier, genannt Jonny, saß vor der Blockhütte. Am Morgen war es neblig gewesen, später zogen die Wolken schnell über den Himmel, aber sie wurden von einer steifen Brise aufgerissen und verflüchtigten sich bis zur Mittagszeit. Seitdem schien die Sonne, und es war angenehm warm.
Jonny las in einem spannenden Buch und hatte die Welt um

sich herum vergessen. Doch plötzlich wurde er aus seinen Gedanken gerissen; ein Motorengeräusch näherte sich schnell. Er nahm seinen Stock, stützte sich darauf und erhob sich von der Bank. Humpelnd bewegte er sich ein paar Schritte auf die Wiese zu. Plötzlich tauchte die Maschine zwischen den Bäumen auf. Viel zu schnell für diesen holprigen Weg raste sie an der Lichtung entlang. Der Fahrer legte sich in eine lebensgefährlich wirkende Schräglage, und schon war er wieder zwischen den Bäumen verschwunden. Jonny war aufgefallen, daß der Mann ohne Helm fuhr. Er wirkte überhaupt seltsam auf der Maschine; denn er trug auch keine Motorradkombination, sondern saß in einer einfachen grünen Jacke auf dem Gefährt.
Kopfschüttelnd kehrte der Junge zu der Bank zurück.
Frau Scheringer trat aus der Hütte und fragte: »Was war denn das für ein Verrückter?«
»Vermutlich der«, antwortete Jonny, »den alle Welt sucht.«

Pepper und Tony gingen langsam durch die Hauptstraße. Die wenigen Geschäfte hatten noch geschlossen, und an der Tür zum Jägerstüberl hing ein großes Pappschild, auf dem mit ungelenken Buchstaben geschrieben stand:

Heute Ruhetag

Tony ging um das Gasthaus herum, und Pepper blieb dicht hinter ihm. Sie erreichten einen Hof, der auf drei Seiten von

Gebäuden umgeben war. Dem Gasthaus gegenüber lag ein flacher Schuppen, auf dessen Südseite bis unter das Dach gespaltenes Holz gestapelt war. Verbunden wurde der Stadel mit dem Gasthaus durch ein Wohngebäude, das mit seinem modernen Flachdach wie ein Fremdkörper wirkte. Tony ging rasch über den Hof und klopfte mit der Faust gegen die Tür, die zum Hof führte.

Von drinnen hörten sie eine grummelnde Stimme. Schritte näherten sich. Die Tür wurde aufgerissen. Der Wirt starrte seinen Neffen überrascht an. »Da muß aber was passiert sein, wenn du dich mal sehen läßt!« sagte er mißtrauisch. Erst jetzt entdeckte er hinter Tony den Detektiv. Es war ihm förmlich anzusehen, wie er plötzlich vor dem, was da möglicherweise auf ihn zukam, auf der Hut war.

Pepper trat neben Tony und sagte: »Haben Sie vielleicht ein paar Minuten Zeit für uns?«

»Kommt ganz drauf an, um was es geht.«

»Es geht um ein Jagdgewehr amerikanischer Herkunft«, kam es etwas gestelzt von Pepper.

»Da sind Sie bei mir garantiert an der falschen Stelle«, wehrte der Wirt ab.

»Da wäre ich aber gar nicht so sicher!« sagte Tony scharf.

Pepper fragte noch einmal: »Können wir für ein paar Minuten hereinkommen?«

Der Wirt zuckte die Achseln und bemerkte dann spöttisch: »Wenn mir mein Herr Neffe schon mal die Ehre gibt, werde ich mir doch auch die Zeit nehmen!«

Sie betraten einen dunklen Hausflur, der sein Licht nur durch eine Wand aus Glasbausteinen erhielt. Der alte Huber stieg ihnen voran die Treppe hinauf. Pepper folgte ihm in dichtem Abstand. Sie betraten ein Wohnzimmer, das mit auffallend teuren Möbeln vollgestopft war.

»Nehmen Sie Platz!« sagte der Wirt. »Kann ich Ihnen irgend etwas anbieten?«
Pepper schüttelte den Kopf. Während er es sich in einem Sessel bequem machte, ging Tony plötzlich ein paar schnelle Schritte auf eine Tür zu, die ins Nebenzimmer führte. Der Wirt, der sich gerade auf ein Sofa setzen wollte, sprang wieder auf und versuchte, dem Waldarbeiter den Weg zu versperren. Aber Pepper war blitzschnell auf den Beinen und stellte sich zwischen den Wirt und seinen Neffen.
»Du gehst da nicht rein!« schrie der Wirt plötzlich außer sich.
»Und ob ich da reingehe!« zischte Tony grimmig.
Der Wirt versuchte, an Pepper vorbeizukommen, aber der machte einen Schritt zur Seite und versperrte ihm erneut den Weg.
»Ich sag's zwar nur ungern, aber ich habe eine Schußwaffe bei mir«, drohte Pepper, »und ich bin berechtigt, sie zu tragen – was nicht auf jeden zutrifft.«
Der Wirt wirkte plötzlich ängstlich und trat unsicher einen Schritt zurück. Tony hatte inzwischen die Tür zum Nebenzimmer aufgerissen und machte sich dort zu schaffen. Pepper ließ den alten Huber nicht aus den Augen. Sobald der eine Bewegung machte, faßte Pepper unter seine Jacke, wo er manchmal seinen Revolver trug. Der freilich lag jetzt friedlich im Handschuhfach seines Autos.
Tony kam wieder und trug eine altertümlich wirkende Flinte in der Hand.
Pepper nickte, als ob er nichts anderes erwartet hätte. »Das Meredith-Gewehr, nicht wahr?«
»Meine Waffe!« sagte Tony.
»Irrtum!« verbesserte ihn Pepper, »das ist ja doch wohl immer noch das Gewehr von Forstrat Mailinger.«

Dann wandte er sich wieder dem Wirt zu, aus dessen Gesicht alle Farbe gewichen war. »Setzen Sie sich«, herrschte der Detektiv den alten Huber an. »Am besten, Sie geben gleich alles zu.«
Der Wirt öffnete den Mund, schloß ihn aber wieder, ohne etwas gesagt zu haben, und preßte die Lippen fest aufeinander.
»Wenn wir jetzt den Schlangengürtel noch finden«, wandte sich Pepper an Tony, »dann haben wir Indizien genug. Am besten rufen Sie mal meinen Freund Wilhelm Tröger an.«
Tony ging zum Telefon und wählte eine vierstellige Nummer.
Pepper betrachtete den Wirt lang. »Warum haben Sie das gemacht?«
Der alte Huber starrte nur zurück, gab aber auch weiterhin keinen Ton von sich.
»Wie Sie wollen«, sagte Paul Pepper. »Ich kann Ihnen gerne erklären, wie es abgelaufen ist. Jeder im Dorf weiß offensichtlich, daß der junge Mailinger von zu Hause weggelaufen ist und sich in den Wäldern aufhält. Der junge Mann scheint ein wenig verwirrt zu sein und braucht dringend ärztliche Hilfe. Das ist die eine Seite. Michael Mailinger hat nur einen wirklichen Freund, Ihren Neffen, den Tony. Ich kann mir ganz gut vorstellen, daß Sie ihm von diesem Umgang immer abgeraten haben. Nach allem, was man so hört, ist Michael Mailinger ein Sonderling, und der Umgang mit ihm dürfte nicht allzu einfach sein.«
Tony hatte die Arretierung des Gewehres gelöst und den Lauf abgekippt. Er hielt die Waffe nun auf Armlänge von sich, kniff ein Auge zu und schaute in den Lauf hinein. Dann klappte er ihn wieder hoch und stellte das Gewehr neben seinen Fuß – wie ein Soldat auf Wache.

Pepper setzte sich auf die Lehne eines Sessels und fuhr mit seiner Darstellung fort: »Wer auf den Förster geschossen hat, wissen wir nicht. Aber daß der junge Mailinger in den Wäldern rund um Ellertsweiler nun schon seit Monaten wildert und das Leben eines modernen Robinson Crusoe führt, ist allgemein bekannt. Die Verbindung zur Außenwelt wird offensichtlich von seinem Freund Tony aufrechterhalten. Eine Frage, die ich noch nicht beantworten kann, ist die, wie das Wild, das der Michael offensichtlich schießt, in Ihre Küche kommt.«

»Das ist nicht das Wild von Michael«, rief Tony dazwischen. »Mein Onkel geht selber heimlich auf die Jagd. Da ist er nicht der einzige. Man kann ja jedes illegal geschossene Tier dem verrückten Mailinger unterschieben. Der Michael wildert nur so viel, wie er braucht, um überleben zu können.«

Der Wirt sagte noch immer nichts.

»Wir kommen jetzt zum entscheidenden Punkt«, sagte Pepper fast ein wenig feierlich. »Sie haben sich wohl gedacht, wenn man das Wildern so leicht dem verrückten Mailinger in die Schuhe schieben kann, muß das doch auch mit anderen Dingen möglich sein. Sie haben sich also das alte Jagdgewehr beschafft, dazu die richtigen Kleidungsstücke und sind in die Stadt gefahren. Man muß Ihnen bescheinigen, Herr Huber, daß Sie sich von der Figur her nicht wesentlich von Ihrem Neffen unterscheiden. Auch Michael Mailinger hat etwa die gleiche Größe, wirkt allerdings schlanker als Sie, aber auf dem schlechten Videofilm, den die Kamera in der Bank aufgenommen hat, sind solche Unterschiede nur schwer zu erkennen.

Sie sind also in die Stadt gefahren, haben die Filiale der Bank betreten, ein paar Schüsse in die Decke gejagt, den Kassier und eine Frau mit ihrem Kind bedroht, haben einen Beutel über das Panzerglas gehoben, den Kassier gezwungen, alles Geld, das in der Kasse war, hineinzufüllen. Und dann mußten Sie sich kräftig strecken, um den Beutel mit den 85 000 Mark zurückzunehmen. Das Gewehr hielten Sie dabei weiter auf die Frau und das Kind gerichtet. Auf dem Film sieht man nun, daß Sie um die Jeans einen Gürtel mit einer auffallenden Schnalle tragen, die einer Schlange nachgebildet ist. Dieses zweite Indiz müssen wir noch ausfindig machen, wenngleich eigentlich schon reicht, daß wir die Tatwaffe hier sichergestellt haben.«

Bis zu diesem Augenblick hatte Tony warten müssen, um Verbindung mit der Polizeidienststelle Ellertsweiler zu bekommen. Jetzt sagte er in den Hörer: »Hier ist Anton Huber... ja, genau der... Ich bin mit Herrn Pepper bei meinem Onkel im Jägerstüberl, genauer, in seiner Wohnung. Herr Pepper meint, Sie sollten unbedingt hierherkommen; es sieht so aus, als habe er einen wichtigen Fall gelöst.«

Tony legte rasch auf, um Tröger gar nicht erst die Gelegenheit zu geben, Fragen zu stellen.

Pepper nickte ihm anerkennend zu.

Der alte Huber saß zusammengekrümmt auf dem Sofa. Er hatte Schweiß auf der Stirn und knetete pausenlos seine Hände.

Pepper konnte sich richtig vorstellen, wie es in dem Wirt arbeitete. Er überlegte wohl fieberhaft, ob es ihm noch gelingen könnte, aus dem Schlamassel herauszukommen.

Pepper gab ihm die Antwort: »Sie haben keine Chance mehr, Huber. Sie haben sich verrechnet. Ein Banküberfall, bei dem zudem unschuldige Frauen und Kinder bedroht werden, ist schon schlimm genug. Wenn man dann aber noch versucht, das Verbrechen anderen in die Schuhe zu schieben und dabei nicht einmal vor Verwandten haltmacht, ist das besonders verwerflich!«

Eigentlich hatte Pepper damit gerechnet, daß Tonys Onkel noch einen Versuch machen würde, auszubrechen. Aber er sagte nur mit zitternder Stimme: »Ich hab' einfach zu viele Schulden gemacht. Ich hätte das Haus nicht bauen dürfen.«

»Da geht es Ihnen wie dem Polizisten, der hoffentlich jetzt gleich kommt!« stellte Pepper traurig fest.

Fünf Minuten später traf Wilhelm Tröger ein, ließ sich von Pepper alles erklären und legte dem Wirt des Jägerstüberls Handschellen an.

So gefesselt mußte der alte Huber ausharren, bis Tröger und Tony gemeinsam eine Hausdurchsuchung vorgenommen hatten. Sie fanden den Gürtel mit der zusammengeringelten Schlange tief unten in der Schublade eines Nachtkästchens. Das Geld war, wie der Wirt nach einigem Zureden eingestand, zwischen den Dachsparren und den Dachplatten des Schuppens versteckt.

Gut 60 000 Mark waren noch übrig. Den Rest hatte der Wirt dazu verwendet, einen Teil seiner Schulden zu begleichen.

Ein verzweifelter Versuch

Der Motorradfahrer hatte seine Maschine nahe beim Dorf abgestellt und war zu Fuß weitergegangen. Er kannte die Gegend wie seine Hosentasche. Schließlich war er hier seit

seiner frühesten Kindheit zu Hause. Zwischen bunten Bauerngärten, hinter Ställen und Scheunen und an den Rückwänden der Häuser schlich er sich entlang.
Er kam auf diese Weise oft ins Dorf und freute sich königlich, wenn er sich stundenlang hier aufhalten konnte, ohne bemerkt zu werden.
Mit diebischem Vergnügen belauschte er die Frauen beim Backhaus oder die Männer, die meist auf der Bank in der Mitte des Dorfplatzes saßen.
Auch heute hoffte er, etwas Wichtiges zu erfahren. Geduckt schlich er hinter einer Scheune vorbei. Ein paar Hühner flogen auf, und ein Kettenhund begann laut zu bellen. Der Mann beschleunigte seine Schritte.
»Der Tröger hat den Huber verhaftet«, hörte er einen Mann sagen, als er sich gerade bis zur Dachrinne an der Ecke eines niedrigen Bauernhauses vorschob.
»Ist das wahr?« fragte ein anderer.
»Wenn ich's dir sage. Man hat ein paar hunderttausend Mark bei ihm gefunden.«
»Nicht möglich!« rief der dritte ungläubig.
»Hinter den Dachsparren vom Jägerstüberl.«
»Ehrlich?«
»Das hat man dem aber auch nicht angesehen, daß der so ein Verbrecher ist«, wunderte sich eine Frau.
»Das sieht man keinem an. Der Mailinger soll übrigens auch mit drinhängen«, kam es von dem, der zuerst gesprochen hatte.
»Der alte oder der junge?«
»Na, der junge natürlich. Der Verrückte!«
Das Gesicht des Mannes hinter der Dachrinne verzerrte sich. Seine Hände verkrampften sich zu Fäusten.
»Na ja, den wird man leicht finden«, rief ein anderer

dazwischen. »Ich hab' gehört, daß bereits ein riesiges Polizeiaufgebot unterwegs sein soll.«
»Den kriegen sie – tot oder lebendig!« prahlte ein anderer.
Der Mann rannte los. Er achtete nun nicht mehr darauf, ob ihn jemand entdeckte oder nicht. Offen rannte er über den Dorfplatz, mitten durch die Menschenansammlung hindurch.
»Die kriegen mich nicht. Nie kriegen die mich. Mich kriegt keiner«, schrie er mit sich überschlagender Stimme.
Die Leute wichen voller Angst und Entsetzen zurück und starrten den hohlwangigen Mann wie eine Geistererscheinung an. Sekunden später war er um die nächste Hausecke verschwunden.
»Man sollte ihn verfolgen!« rief einer der Männer.
»Bist du lebensmüde?« fragte ein anderer. »Ich mach' doch nicht die Arbeit der Polizei. Wozu zahlt man Steuern, hä?«
»Ganz recht«, stimmten die anderen zu.
Sie hörten das Aufheulen eines Motorrads.
»Wenn sie den überhaupt kriegen«, sagte eine Frau.
Und eine andere fügte hinzu: »Der Förster kann einem richtig leid tun. Seit seine Frau gestorben ist, ging's nur noch abwärts!«
Michael Mailinger schaltete schnell die Gänge hinauf. Der Fahrtwind kühlte seine Stirn. Das tat gut. Er war so erregt, daß er Mühe hatte, seine Maschine auf Kurs zu halten.
Ohne richtig zu wissen, was er tat, fuhr er die vertraute Strecke in den Wald zurück. Schon nach wenigen Minuten erreichte er die Lichtung mit der Blockhütte. Er schaltete herunter und drosselte das Gas. Schlagartig war ihm ein Einfall gekommen. Das war vielleicht die Lösung. Natürlich. Ihn würden die Bullen nicht einfach festnehmen. Ihn nicht!

Er riß das Motorrad herum und brachte es direkt vor dem Eingang der Hütte zum Stehen.
Jonny saß noch immer auf der Bank, und Frau Scheringer wirtschaftete in der Küche herum. Mailinger bockte das Motorrad auf und nahm aus einer eigens dafür gefertigten Tasche, die von der rechten Fußraste bis weit über das hintere Schutzblech hinausragte, das Mausergewehr. Er hielt die Waffe locker in der Armbeuge und entsicherte sie, als er jetzt langsam auf Jonny zuging.
»Tag«, sagte er.
Jonny starrte ihn an. Er brachte keinen Ton heraus.
»Hab' ich da nicht gerade eine Stimme gehört?« rief Frau Scheringer von drinnen. »Ist Pepper schon zurück?« Sie trat ins Freie und blinzelte ins Licht.
»Wer sind Sie?« fragte sie überrascht. »Und was wollen Sie mit dem albernen Ding da? Ist das etwa ein Gewehr?«
»Es ist eine durchgeladene Waffe«, sagte Michael Mailinger drohend. »Wem gehört das Auto hinter dem Haus?«
»Da stehen zwei Autos«, berichtigte ihn Frau Scheringer. »Das eine gehört mir, das andere Paul Pepper.«
»Können Sie fahren?«
»Natürlich kann ich fahren, ich bin ja noch nicht verkalkt!« gab die Alte ärgerlich zurück. »Die Frage ist nur, ob ich will.«
»Danach hat Sie aber keiner gefragt!« Michael Mailinger hob die Waffe ein wenig. Der Zeigefinger, der auf dem Abzug lag, zitterte. Frau Scheringer nahm es irritiert wahr.
»Augenblick mal, junger Mann. Jetzt erklären Sie mir erst einmal in vernünftigen Worten, was Sie eigentlich wollen.«
»Ich muß weg von hier. Jeden Augenblick kann die Polizei eintreffen.«
»Na und, was haben Sie zu befürchten?«

»Sie haben schon meinen besten Freund festgenommen. Und jetzt soll ich dran sein. Aber da haben die sich geschnitten.«

»Aha!«

»Mich kriegen die nicht!«

»Gibt es überhaupt einen Grund, Sie festzunehmen?«

»Danach fragen die doch nicht!«

Jonny sah ratlos von Mailinger zu Frau Scheringer und zurück. Er konnte nicht eingreifen. Jeder schnelle Schritt schmerzte und drohte ihn umzuwerfen.

»Sie wollen also, daß ich den Wagen hole«, bemerkte Frau Scheringer. »Warum nehmen Sie sich nicht einfach das Auto und fahren davon?«

»Das könnte Ihnen so passen. Sie haben wohl noch immer nicht begriffen, daß Sie und der Junge meine Geiseln sind.«

Frau Scheringer schüttelte ärgerlich den Kopf.

»Das ist doch Unsinn, junger Mann.«

In diesem Augenblick hörte man Stimmen. Die Waldarbeiter kamen zu Fuß von der Schonung. Da Tony und Pepper nicht zurückgekehrt waren, hatten sie sich irgendwann auf den Weg gemacht.

Pit und Arnica verabschiedeten sich von den anderen und kamen schräg über die Wiese herauf.

Mailinger trieb Frau Scheringer vor sich her in die Hütte hinein und fuhr sie an: »Keinen Mucks, oder es passiert etwas!«

»Nicht so grob, junger Mann. Ich bin immerhin 81 Jahre alt.«

»He du«, rief Mailinger über die Schulter Jonny zu, »los, du auch.«

Jonny humpelte ins Haus zurück. Für kurze Zeit drehte Michael Mailinger ihm den Rücken zu. Jonny wollte den

Stock heben, um ihn niederzuschlagen, aber er verlor sofort das Gleichgewicht und taumelte gegen den linken Türbalken. Pit und Arnica hatten aus der Entfernung wohl eine Bewegung gesehen, aber sie konnten sich nichts daraus zusammenreimen.

Müde legten sie die letzten zweihundert Meter zurück. Sie freuten sich schon auf den gedeckten Abendbrottisch, den frisch gebrühten Tee, vor allem aber auf den Nachtisch, den Frau Scheringer jeden Abend als besondere Überraschung servierte.

Und morgen war Samstag! Ein arbeitsfreier Tag! Sie konnten ausschlafen, solange sie wollten. Zwei Tage lang hatten sie nichts anderes zu tun, als zu faulenzen und sich verwöhnen zu lassen.

Pit trat als erster über die Schwelle und sah direkt in die Öffnung der Jagdflinte.

»Reinkommen«, bellte Michael Mailinger.

»Der Mann aus dem Steinbruch«, entfuhr es Pit.

»Der Sohn vom Förster«, ergänzte Arnica.

»Was ist denn passiert?« fragte Pit.

»Ich glaube, wir sind so etwas wie Geiseln. Man hat seinen Freund verhaftet, und nun glaubt der junge Mann, er sei als nächster dran!« erklärte Frau Scheringer.

»Pepper ist mit Tony Huber ins Dorf gegangen. Die beiden sahen aus, als ob sie der Polizei die Lösung des Falls auf dem silbernen Tablett präsentieren könnten«, sagte Pit.

»Red' keinen Unsinn«, fuhr ihn Mailinger an.

»Wenn ich's doch sage«, Pit ließ sich nicht so leicht aus der Ruhe bringen. »Tony und Pepper müssen etwas herausgefunden haben.«

»Die Polizei hat Tony festgenommen«, behauptete Michael Mailinger stur.

»Ich hab's genau gehört. Und jetzt paßt auf!« Er deutete mit dem Gewehrlauf auf Pit. »Du fesselst das Mädchen und deinen Freund. Dann steigen wir in eines der Autos. Die alte Dame fährt, und du kommst mit.«
»Und wohin geht die Reise?« fragte Pit.
»Weit weg von hier!«
»Glauben Sie denn, daß Sie woanders sicherer sind?«
»Halt den Mund«, fuhr ihn Mailinger an. Es war leicht zu erkennen, daß er sich unsicher fühlte. Frau Scheringer fürchtete eine Kurzschlußreaktion, deshalb lenkte sie beschwichtigend ein: »Wir tun alles, was Sie anordnen, junger Mann, nur nehmen Sie endlich mal den Finger vom Abzug und sichern Sie ihr Gewehr.«
Michael Mailinger betrachtete sie erstaunt: »Verstehen Sie denn was davon?«
»Nicht mehr als nötig«, beschied ihm die Alte. »Schnüre sind auf dem Bord über dem Fenster«, wandte sie sich an Pit. »Und nun Beeilung, daß wir's hinter uns bringen.«
Michael Mailinger entspannte sich ein wenig.
»Ich mach' das nicht zu meinem Vergnügen.«
»Sind Sie da auch ganz sicher?« fragte die Alte mit einem spöttischen Unterton in der Stimme.
Mailinger antwortete nicht. Er trat dicht an Pit heran und überprüfte die Fesseln.
»Fester!« befahl er.
»Aber das schneidet ein«, jammerte Arnica.
»Fester, hab' ich gesagt!«
Pit zog den Knoten vorsichtig ein bißchen enger.
»Gut so!« befand Mailinger. Dann winkte er mit dem Gewehr zur Tür. »Los, raus und in den Wagen!«
»Kann ich wenigstens noch ein Tuch umlegen?« fragte die Alte.

»Aber versuchen Sie ja keine Tricks.«
»Keine Sorge!« Frau Scheringer bemühte sich, ihrer Stimme einen beruhigenden Klang zu verleihen.
Jonny faßte sich ein Herz und fragte: »Stimmt es, daß Sie die Bank überfallen haben?«
»Die Bank? Welche Bank?« Mailinger schien aus allen Wolken zu fallen.
»Aber dort ist mit so einem Gewehr geschossen worden«, beharrte Jonny.
»Nicht mit einem Mauser-Gewehr«, verbesserte ihn Pit, »mit einer Meredith-Flinte, Kaliber 0,9.«
Mailinger fuhr herum. »Wer sagt das?«
»Rübezahl.«
Michael Mailinger schlug mit der Waffe nach Pit, verfehlte ihn aber knapp.
»Wenn du mich auf den Arm nehmen willst...!«
»Kriminalrat Rübenach. Er wird nur Rübezahl genannt. Rübenach untersucht den Fall!« erklärte die Alte, die sich inzwischen in ihr Tuch gehüllt hatte.
»Mit einem Meredith-Gewehr?« Mailinger schien plötzlich völlig aus dem Konzept zu sein.
»Das stimmt«, mischte sich nun Arnica ein, »ich hab's auch gehört.«
»Und der Täter?«
»Auf dem Videofilm erkennt man nur, daß er einen Gürtel mit einer Schnalle in Form einer Schlange trägt«, stellte Pit fest.
»Ist das wahr?«
»Alles, was wir sagen, ist wahr, junger Mann«, belehrte ihn die Alte. »Wir haben es nicht nötig, zu lügen!«
»Aber ... aber ... aber das ist unmöglich«, stotterte Michael Mailinger. »Dann würde das stimmen mit dem Geld? Aber

warum sollte der Tony das Geld bei seinem Onkel verstekken... Da stimmt doch irgend etwas nicht.«
»Wenn Sie mich fragen: Hier stimmt überhaupt nichts«, polterte Frau Scheringer los. »Warum zum Beispiel treibt sich ein netter junger Mann wie Sie in den Wäldern rum, statt im Dorf zu wohnen und zu arbeiten, wie es sich gehört?«
»Das hat seine Gründe«, sagte Mailinger und wirkte plötzlich wieder ganz verschlossen. »Los jetzt, wir fahren!«
Frau Scheringer seufzte, strich Arnica und Jonny über den Kopf und meinte tröstend: »Es wird schon alles gut ausgehen!« Dann trat sie, zusammen mit Pit, über die Schwelle ins Freie.
Mailinger folgte mit dem angelegten Gewehr. Die beiden mußten vor ihm hergehen. Frau Scheringer setzte sich ans Steuer und Pit auf den Beifahrersitz. Erst dann rutschte Mailinger in den Fond. Er hielt Frau Scheringer den Lauf des Jagdgewehrs an die Schläfe. Sie startete den Wagen und legte den Rückwärtsgang ein. Dann ließ sie die Kupplung mit einem Ruck kommen und gab mit voller Kraft Gas. Gleichzeitig schlug sie das Steuer nach links ein.
»Was soll denn das?« konnte Michael Mailinger gerade noch schreien, da saß der alte Kombi auch schon auf der Ecke des Blockhauses. Am Heck befand sich eine tiefe Einbuchtung. »Verdammt«, fluchte Frau Scheringer ganz undamenhaft, obwohl sie natürlich mit voller Absicht gehandelt hatte.
»Los, in den anderen Wagen!« befahl Mailinger.
Sie stiegen aus.
Im gleichen Augenblick tuckerte der Traktor mit Tony Huber am Steuer aus dem Wald hervor und steuerte direkt über die Wiese auf die Blockhütte zu.

»Aber das ist doch... das ist doch Tony!« stellte Michael Mailinger fast feierlich fest.
Pit und Frau Scheringer gingen um das Haus herum. Mailinger bedrohte sie noch immer mit seinem Gewehr. Tony stoppte den Traktor. Er starrte das seltsame Trio an, als ob es aus einer anderen Welt käme. Auch Pepper wirkte wie gelähmt.
»Sag mal, was ist denn in dich gefahren?« flüsterte der junge Huber mit tonloser Stimme. Er räusperte sich und wiederholte dann lauter: »Was ist denn in dich gefahren?«
»Ich denke, du bist verhaftet«, stammelte Mailinger.
»Wer behauptet denn das?«
»Die Leute im Dorf!«
»Willst du damit sagen, daß du in Ellertsweiler warst?«
»Ich hab' sie belauscht. Ich hab' die Leute belauscht. Sie erzählten, du seiest in Haft und man habe bei dir ein paar hunderttausend Mark gefunden. Und dieses Geld hättest du bei deinem Onkel unter den Dachsparren versteckt.«
Tony sprang endlich vom Traktor. »Doch nicht ich. Mein Onkel hat das Geld gestohlen. Er war es auch, der gewildert hat. Überhaupt hat er eine Menge ausgefressen, was nachher dir oder mir in die Schuhe geschoben worden ist.«
»Apropos Schuhe«, sagte Pepper leise und stieg langsam vom Traktor. Er deutete auf die Haferlschuhe an den Füßen von Mailinger. »Hat Ihr Onkel auch solche Schuhe?«
»Er trägt die gleichen Sachen wie der Michael. Schuhe, Strümpfe, Lederhosen, Lodenjacke«, sagte Tony Huber.
Pepper trat, ohne auf die noch immer entsicherte Waffe zu achten, auf Michael Mailinger zu, schob seinen Kopf so weit vor, daß sich ihre Nasenspitzen fast berührten und sagte dann, jede Silbe betonend: »Haben Sie mich in den Abgrund am Steinbruch gestoßen – ja oder nein?«

»Ich, – warum sollte ich so etwas tun?«
»Ja oder nein?«
»Nein, natürlich nicht! So etwas würde mir niemals einfallen!«
»Aber uns als Geiseln nehmen und entführen!« stieß Pit heftig hervor, »das hätten Sie locker gebracht, was?«
»Nicht locker, aber mir ist doch gar nichts anderes übriggeblieben, so wie die Sache steht!«
»Davonrennen ist aber keine Lösung«, bemerkte Frau Scheringer ernst.
»Kommt jetzt endlich mal jemand rein und macht uns die blöden Schnüre ab?« rief Arnica aus der Hütte.
»Was ist denn da los?« fragte Pepper irritiert.
»Ich mußte Arnica und Jonny fesseln«, sagte Pit.
Tony betrachtete kopfschüttelnd seinen Freund: »Sag bloß!«
Er nahm ihm mit sanfter Geste das Gewehr aus der Hand und sicherte es behutsam, ehe er es an die Hüttenwand lehnte.
Pit lief in die Hütte, um Arnica und Jonny zu befreien.
»Wer hat denn nun auf den Förster geschossen?« fragte Frau Scheringer.
»Das war auch der alte Huber. Er mußte den Vater Mailinger mit allen Mitteln immer weiter gegen seinen verlorenen Sohn aufbringen. Sonst hätte doch seine ganze Strategie nicht funktioniert.«
»Also das müssen Sie mir dann mal in aller Ruhe erklären«, seufzte Frau Scheringer.
»Wenn's weiter nichts ist!« Pepper konnte schon wieder grinsen.
»Ja, ich geh' dann mal«, murmelte Michael Mailinger.
»Ach, so einfach stellen Sie sich das vor?« Pepper trat dicht

vor ihn hin. »Freiheitsberaubung und versuchter Menschenraub – das sind schließlich keine Kavaliersdelikte.«
»Er hätte uns bestimmt nichts getan«, verteidigte ihn Frau Scheringer, »das war mir von Anfang an klar.«
Pepper schüttelte entgeistert den Kopf. »Ja ist denn das die Möglichkeit? Sie nehmen den auch noch in Schutz!«
»Dem jungen Mann geht es wirklich nicht gut«, sagte die Alte mit ihrer sanftesten Stimme. »Jetzt gehen wir erst einmal hinein und essen und trinken etwas. Und dann sehen wir weiter.«

Der versöhnliche Ausklang

Frau Scheringer hatte den Tisch für sieben Personen gedeckt. Michael Mailinger stand unschlüssig in der Mitte des niedrigen Raums. Er überlegte immer noch, ob er nicht besser fliehen sollte.
»Nun setzen Sie sich schon hin«, sagte die Alte resolut, »Sie werden doch bestimmt Hunger haben!«
»Ja, schon, aber...«
»Dann nehmen Sie endlich Platz, und lassen Sie sich's schmecken.«
»Wahrscheinlich muß der erst einmal alles verdauen, was er eben gehört hat«, meinte Tony.
»Das geht uns ja wohl allen so«, bemerkte Pepper, der auf einer Bank an der Hütteninnenwand saß und dem Essen bereits mit gutem Appetit zusprach.

»Ich werde einfach nicht damit fertig, daß die Leute mir das alles zugetraut haben«, sagte Mailinger stockend.
»Die Leute sind immer bereit, alles zu glauben,wenn es nur unwahrscheinlich genug klingt.« Pepper stand auf und streckte sich. »Ich muß eben noch mal für ein paar Minuten weg!«
»Jetzt, wo es gleich Essen gibt?« Die Alte war sichtlich ungehalten.
»Bin gleich wieder da.«
Es dauerte dann aber doch fast eine Stunde. Die anderen hatten irgendwann beschlossen, nicht länger auf PP zu warten.
Als Pepper zurückkam, war er nicht alleine. Er brachte den Forstrat Mailinger mit. Vater und Sohn sahen sich verlegen an. Keiner von beiden ergriff das Wort.
»Ich hab' Ihrem Vater erklärt, wie's wirklich war«, wandte sich Pepper an Michael. »Er muß wohl oder übel zugeben, daß er Sie auch falsch eingeschätzt hat.«
»Du hast also wirklich nicht auf mich geschossen?« fragte der alte Mailinger zögernd.
»Aber so etwas könnte ich doch gar nicht.«
»Es erschien mir eigentlich auch unmöglich...«
»Aber dann hast du's eben doch geglaubt!« Die Stimme Michaels wurde merklich schärfer.
Paul Pepper griff rasch ein. »Fangt bloß nicht wieder an zu streiten!«
»Da hat doch einer das Schüsselchen verschüttet und der andere das Häfelchen«, warf die Alte ein.
»Was ist?« fragte Pit.
»Na ja, es ist Jacke wie Hose, meine ich eben. Einer fängt an, und der andere macht weiter. Wenn zwei sich unbedingt streiten wollen, findet sich immer ein Anlaß.«

»Sie haben vielleicht recht«, brummte der alte Mailinger versöhnlich.
»Natürlich hab' ich recht!«
Arnica rief: »Warum freuen Sie sich nicht einfach, daß sich der böse Verdacht endlich zerschlagen hat?«
»Genau!« sagte Jonny.
»Find' ich auch!« echote Pit.
Und endlich gingen die beiden Männer aufeinander zu und gaben sich die Hand.
»Es ist ja ganz schön, wenn es gelingt, einen Kriminalfall zu lösen. Noch schöner aber ist es, wenn man zwei Menschen wieder zusammenbringen kann, die so zerstritten waren«, sagte Pepper zufrieden und setzte sich endlich an den Tisch. »Und wehe, es fängt einer von vorne an. Der kriegt einen solchen Krach mit mir, daß er gar nicht mehr weiß, wo ihm der Kopf steht. Nur daß das klar ist!«

Übt ihr manchmal euer Kombinationstalent?
Spielt Ihr gerne Detektiv?
Fällt euch das logische Denken leicht?
Wer mindestens zweimal mit ja geantwortet hat, sollte unbedingt weiterlesen. Darauf haben alle Krimifans gewartet: Fälle zum selber Kombinieren, Fahnden und Lösen. Speziell für euch hat ein echter Inspektor von Scotland Yard seine 20 berühmtesten Fälle zusammengestellt.
Inspector Henry Black (1890–1963), einer der besten Detektive von Scotland Yard, feierte seine größten Erfolge Anfang der dreißiger Jahre. Seine Ermittlungsmethoden, beispielsweise mit Hilfe von Dia-Vorträgen, revolutionierten den bis dahin üblichen Untersuchungs- und Fahndungsablauf.
Als Henry Black 1950 endgültig aus dem Dienst schied, wäre seine berühmte Sammlung – Kisten mit Protokollen, Aussagen, Photos usw. – um ein Haar den modernen Zeiten zum Opfer gefallen, hätte sich nicht Blacks Großnichte Dorothy, eine erfolgreiche Kriminalschriftstellerin, ihrer angenommen. Ihre Idee war, Großonkel Henrys Paradefälle zum Prüfstein für den Spürsinn heutiger Leser zu machen.
Und das wird geboten: Auf 64 Farbseiten 20 x kriminalistisches Mitdenkvergnügen wie noch nie!
Von A wie Affäre bis Z wie Zwillingsmord. Die einzelnen Fälle sind in Schwierigkeitsgrade eingeteilt und müssen in vorgegebener Zeit anhand von Zeugenaussagen, Indizien, Photos und Beweisen gelöst werden. Eine ausführliche Anleitung erlaubt problemloses Spielen von der ersten Seite an. Ihr könnt die Fälle alleine, miteinander oder auch gegen mehrere „Detektivanwärter" spielen. Ein Muß für jede Detektivbibliothek.

Dieses spannende Buch mit dem Titel „Scotland Yard Photocrimes" ist in der Franckh'schen Verlagshandlung, Stuttgart, erschienen.

Frau Scheringers
Kiosk
Nussbaum
Bungalows
hier wohnen
Arnica
und
Jonny
Hochhaus in
dem Pit wohnt
Verkehrsstrasse
Nussbaum